///

生命是一个说故事的人，虽老是抱着那么陈腐的“母题”转，而每一顷刻中的故事却是新鲜的，是有意义的。

///

人愈有智慧就发现愈多的优异的人，平常人见不出人与人的分别。

最无限、最自由的莫如心灵，所以最高的美都是心灵的表现。

///

文艺是含蕴在人生世相中的，好比盐溶于水，饮者知咸，却不辨何者为盐，何者为水。

一个人性之所近，大半自己明白。有些人明明知道自己的长短而却不根据它来决定志向，这大半误于名利观念。

///

每个人都是自己的命运的主宰，每个人的江山都依仗自己的奋斗才打得来。

///

悲剧和人生之中自有一种不可跨越的距离，你走进舞台，你便须暂时丢开世界。

///

我看最卑微的野花都有意义，但在眼泪无法企及的地方深藏。

///

游戏和娱乐的缺乏不仅是生命力枯涸的征兆，简直是生命力枯涸的原因。

///

人生苦恼起于演，人生解脱在看。

///

人的一切有意义有价值的活动，像上帝创世一样，都是从紊乱中创出秩序。

从容生活，温柔处世

朱光潜 著

中国出版集团 现代出版社

第一辑：草木有本心

第二辑：唯有源头活水来

目录

第四辑：厚积而薄发

Chapter 1

第一辑：草木有本心

生　　命

说起来已是二十年前的事了。如今我还记得清楚，因为那是我生平中一个最深刻的印象。有一年夏天，我到苏格兰西北海滨一个叫作爱约夏的地方去游历，想趁便去拜访农民诗人彭斯的草庐。那一带地方风景仿佛日本内海而更曲折多变化。海湾伸入群山间成为无数绿水映着青山的湖。湖和山都老是那样恬静幽闲而且带着荒凉景象，几里路中不容易碰见一个村落，处处都是山、谷、树林和草坪。走到一个湖滨，我突然看见人山人海——男的女的，老的少的，穿深蓝大红衣服的，褴褛蹒跚的，蠕蠕蠢动，闹得喧天震地：原来那是一个有名的浴场。那是星期天，人们在城市里做了六天的牛马，来此过一天快活日子。他们在炫耀他们的服装，他们的嗜好，他们的皮肉，他们的欢爱，他们的文雅与村俗。像湖水的波涛汹涌一样，他们都投在生命的狂澜里，尽情享一日的欢乐。就在这么一个场合中，一位看来像是皮鞋匠的牧师在附近草坪中竖起一个讲台向寻乐的人们布道。他也吸引了一大群人。他喧嚷，群众喧嚷，湖水也喧嚷，他的话无从听清楚，只有“天国”“上帝”“忏悔”“罪孽”几个较熟的字眼偶尔可以分辨出来。那群众常是流动的，时而由湖水里爬上来看牧师，时而由牧师那里走下湖水。游泳的游泳。听道的听道，总之，都在凑热闹。

对着这场热闹，我伫立凝神一反省，心里突然起了一阵空虚寂寞的感觉，我思量到生命的问题。摆在我们面前的显然就是生命。我首先感到的是这生命太不调和。那么幽静的湖山当中有那么一大群嘈杂的人在嬉笑取乐，有如佛堂中的蚂蚁抢搬虫尸，已嫌不称；又加上两位牧师对着那些喝酒、抽烟、穿着游泳衣裸着胳膊大腿卖眼色的男男女女讲“天国”和“忏悔”，这岂不是对于生命的一个强烈的讽刺？约翰授洗者在沙漠中高呼救世主来临的消息，他的声音算是投在虚空中了。那位苏格兰牧师有什么可比约翰的？他以布道为职业，于道未必有所知见，不过剽窃一些空洞的教门中语扔到头脑空洞的人们的耳里，岂不是空虚而又空虚？推而广之，这世间一切，何尝不都是如此？比如那些游泳的人们在尽情欢乐，虽是热烈，却也很盲目，大家不过是机械地受生命的动物的要求在鼓动驱遣，太阳下去了，各自回家，沙滩又恢复它的本来的清寂，有如歌残筵散。当时我感觉空虚寂寞者在此。

但是像那一大群人一样，我也欣喜赶了一场热闹，那一天算是没有虚度，于今回想，仍觉那回事很有趣。生命像在那沙滩所表现的，有图画家所谓阴阳向背，你跳进去扮演一个角色也好，站在旁边闲望也好，应该都可以叫你兴高采烈。在那一顷刻，生命在那些人们中动荡，他们领受了生命而心满意足了，谁有权去鄙视他们，甚至于怜悯他们？厌世疾俗者一半都是妄自尊大，我惭愧我有时未能免俗。

孔子看流水，发过一个最深永的感叹，他说：“逝者如斯夫，不舍昼夜！”生命本来就是流动，单就“逝”的一方面来看，不免令人想到毁灭与空虚；但是这并不是有去无来，而是去的若不去，来的就不能来，生生不息，才能念念常新。莎士比亚说生命“像一个白痴说的故事，满是声响和愤激，毫无意义”，虽是慨乎言之，却不是一句见道之语。生命是一个说故事的人，虽老是抱着那么陈腐的“母题”转，而每一顷刻中的故事却是新鲜的，自有意义的。这一顷刻中有了新鲜有意义的故事，这一顷刻中我们心满意足了，这一顷刻的生命便不能算是空虚。生命原是一顷刻接着一顷刻地实现，好在它“不舍昼夜”。算起总账来，层层实数相加，决不会等于零。人们不抓住每一顷刻在实现中的人生，而去追究过去的原因与未来的究竟，那就犹如在相加各项数目的总和之外求这笔加法的得数。追究最初因与最后果，都要走到“无穷追溯”（Reductio ad infintum）。这道理哲学家们本应知道，而爱追究最初因与最后果的偏偏是些哲学家们。这不只是不谦虚，而且是不通达。一件事物实现了，它的形相在那里，它的原因和目的也就在那里。种中有果，果中也有种，离开一棵植物无所谓种与果，离开种与果也无所谓一棵植物（像我的朋友废名先生在他的《阿赖耶识论》里所说明的）。比如说一幅画，有什么原因和目的！它现出一个新鲜完美的形象，这岂不就是它的生命，它的原因、它的目的？

且再拿这幅画来比譬生命。我们过去生活正如画一幅画，当前我们所要经心的不是这幅画画成之后会有怎样一个命运，归于永恒或是归于毁灭，而是如何把它画成一幅画，有画所应有的形相与生命。不求诸抓得住的现在而求诸渺茫不可知的未来，这正如佛经所说的身怀珠玉而向他人行乞。但是事实上许多人都在未来的永恒或毁灭上打计算。波斯大帝带着百万大军西征希腊，过海勒斯朋海峡时，他站在将台看他的大军由船桥上源源不绝地渡过海峡，他忽然流涕向他的叔父说：“我想到人生的短促，看这样多的大军，百年之后，没有一个人还能活着，心里突然起了阵哀悯。”他的叔父回答说：“但是人生中还有更可哀的事咧，我们在世的时间虽短促，世间没有一个人，无论在这大军之内或在这大军之外，能够那样幸运，在一生中不有好几次不愿生而宁愿死。”这两人的话都各有至理，至少是能反映大多数人对于生命的观感。嫌人生短促，于是设种种方法求永恒。秦皇汉武信方士，求神仙，以及后世道家炼丹养气，都是妄想所谓“长生”。“服食求神仙，多为药所误，不如饮美酒，被服纨与素”，这本是诗人愤疾之言，但是反话大可做正话看；也许做正话看，还有更深的意蕴。说来也奇怪，许多英雄豪杰在生命的流连上都未能免俗，我因此想到曹孟德的遗嘱：

> 吾死之后，葬于邺之西冈上，妾与妓人皆著铜雀台，台上施六尺床，下穗帐。朝哺上酒脯粻糒之属，每月朔十五，辄向帐前作伎，汝等时登台望吾西陵墓田。

他计算得真周到，可怜虫！谢朓说得好：

> 穗帷飘井干，樽酒若平生。
> 郁郁西陵树，讵闻歌吹声！

孔子毕竟是达人，他听说桓司马自为石郭，三年而不成，便说“死不如速朽之为愈也”。谈到朽与不朽问题，这话也很难说。我们固无庸计较朽与不朽，朽之中却有不朽者在。曹孟德朽了，铜雀台妓也朽了，但是他的那篇遗嘱，何逊谢朓李贺诸人的铜雀台诗，甚至于铜雀台一片瓦，于今还叫讽咏摩挲的人们欣喜赞叹。“前水复后水，古今相续流”，历史原是纳过去于现在，过去的并不完全过去。其实若就种中有果来说，未来的也并不完全未来，这现在一顷刻实在伟大到不可思议，刹那中自有终古，微尘中自有大千，而汝心中亦自有天国。这是不朽的第一义谛。

相反两极端常相交相合。人渴望长生不朽，也渴望无生速朽。我们回到波斯大帝的叔父的话：“世间没有一个人在一生中不有好几次不愿生宁愿死。”痛苦到极点想死，一切自杀者可以为证；快乐到极点也还是想死，我自己就有一两次这样经验，一次是在二十余年前一个中秋前后，我乘船到上海，夜里经过焦山，那时候大月亮正照着山上的庙和树，江里的细浪像金线在轻轻地翻滚，我一个人在甲板上走，船上原是载满了人，我不觉得有一个人，我心里那时候也有那万里无云，水月澄莹的景象，于是非常喜悦，于是突然起了脱离这个世界的愿望。另外一次也是在秋天，时间是傍晚，我在北海里的白塔顶上望北平城里的楼台烟树，望到西郊的远山，望到将要下去的红烈烈的太阳，想起李白的“西风残照，汉家陵阙”那两个名句，觉得目前的境界真是苍凉而雄伟，当时我也感觉到我不应该再留在这个世界里。我自信我的精神正常，但是这两次想死的意念真来得突兀。诗人济慈在《夜莺歌》里于欣赏一个极幽美的夜景之后，也表示过同样的愿望，他说：

> Now more than ever seems it rich to die
>
> （现在死像比任何时都较丰富）

他要趁生命最丰富的时候死，过了那良辰美景，死在一个平凡枯燥的场合里，那就死得不值得。甚至于死本身，像鸟歌和花香一样，也可成为生命中一种奢侈的享受。我两次想念到死，下意识中是否也有这种奢侈欲，我不敢断定。但是如今冷静地分析想死的心理，我敢说它和想长生的道理还是一样，都是对于生命的执着。想长生是爱着生命不肯放手，想死是怕放手轻易地让生命溜走，要死得痛快才算活得痛快，死还是为着活，为着活的时候心里一点快慰。好比贪吃的人想趁吃大鱼大肉的时候死，怕的是将来吃不到那样好的，根本还是由于他贪吃，否则将来吃不到那样好的，对于他毫不感威胁。

生命的执着属于佛家所谓“我执”，人生一切灾祸罪孽都由此起。佛家针对着人类的这个普遍的病根，倡无生，破我执，可算对症下药。但是佛家也并不曾主张灭生灭我，不曾叫人类做集体的自杀，而只叫人明白一般人所希求的和所知见的都是空幻。还不仅此，佛家在积极方面还要慈悲救世，对于生命是取护持的态度。舍身饲虎的故事显示我们为着救济他生命，须不惜牺牲己生命。我心里对此尚存一个疑惑：既证明生命空幻而还要这样护持生命是为什么呢？目前我对于佛家的了解还不够使我找出一个圆满的解答。不过我对于这生命问题倒有一个看法，这看法大体源于庄子（我不敢说它是否合于佛家的意思）。庄子尝提到生死问题，在《大宗师》篇说得尤其透辟。在这篇里他着重一个“化”字，我觉得这“化”字非常之妙。中国人称造物为“造化”，万物为“万化”。生命原就是化，就是流动与变易。整个宇宙在化，物在化，我也在化。只是化，并非毁灭。草木虫鱼在化，它们并不因此而有所忧喜，而全体宇宙也不因此而有所损益。何以我独于我的化看成世间一件大了不起的事呢？我特别看待我的化，这便是“我执”。庄子对此有一段妙喻：

> 今大冶铸金，金踊跃曰“我且必为莫邪”，大冶必以为不祥之金。今一犯人之形，而曰，“人耳，人耳”，夫造化者必以为不祥之人。今以天地为大炉，以造化为大冶，恶乎往而不可哉？成然寐，蘧然觉。

在这个比喻里，庄子破了“我执”，也解决了生死问题。人在造化手里，听他铸，听他“化”而已，强立物我分别，是为不祥。庄子所谓寐觉，是比喻生死。睡一觉醒过来，本不算一回事，生死何尝不如此？寐与觉为化，生与死也还是化。庄周梦为蝴蝶，则“栩栩然蝴蝶也”；“俄然觉，则蘧蘧然周也”；生而为人，死而化为鼠肝虫背，都只有听之而已。在生时这个我在大化流行中有他的妙用，死后我的化形也还是如此，庄子说：

浸假而化予之左臂以为鸡，予因之以求时夜；浸假而化予之右臂以为弹，予因之以求鸮炙……

物质毕竟是不灭的，漫说精神。试想宇宙中有几许因素来化成我，我死后在宇宙中又化成几许事物，经过几许变化，发生几许影响，这是何等伟大而悠久，丰富而曲折的一个游历、一个冒险？这真是所谓“逍遥游”！

这种人生态度就是儒家所谓“赞天地之化育”，郭象所谓“随变任化”，翻成近代语就是“顺从自然”。我不愿辩护这种态度是否为颓废的或消极的，懂得的人自会懂得，无庸以口舌争。近代人说要“征服自然”，道理也很正大。但是怎样征服？还不是要顺从自然的本性？严格地说，世间没有一件不自然的事，也没一件事能不自然。因为这个道理，全体宇宙才是一个整一融贯的有机体，大化运行才是一部和谐的交响曲，而 Cosmos 不是 Chaos。人的最聪明的办法是与自然合拍，如草木在和风丽日中开着花叶，在严霜中枯谢，如流水行云自在运行无碍，如“鱼相与忘于江湖”。人的厄运在当着自然的大交响曲“唱翻腔”，来破坏它的和谐。执我执法，贪生想死，都是“唱翻腔”。

孔子说过：“朝闻道，夕死可矣。”人难能的是这“闻道”。我们谁不自信聪明，自以为比旁人高一着？但是谁的眼睛能跳开他那“小我”的圈子而四方八面地看一看？谁的脑筋不堆着习俗所扔下来的一些垃圾？每个人都有一个密不通风的“障”包围着他。我们的“根本惑”像佛家所说的，是“无明”。我们在这世界里大半是“盲人骑瞎马”，横冲直撞，怎能不闯祸事！所以说来说去，人生最要紧的事是“明”，是“觉”，是佛家所说的“大圆镜智”。法国人说:“了解一切，就是宽恕一切”，我们可以补上一句：“了解一切，就是解决一切。”生命对于我们还有问题，就因为我们对它还没有了解。既没有了解生命，我们凭什么对付生命呢？于是我想到这世间纷纷扰攘的人们。

载《文学杂志》第 2 卷第 3 期，1947 年 8 月

无言之美

孔子有一天突然很高兴地对他的学生说："予欲无言。"子贡就接着问他："子如不言，则小子何述焉？"孔子说："天何言哉？四时行焉，百物生焉。天何言哉？"

这段赞美无言的话，本来从教育方面着想。但是要明了无言的意蕴，宜从美术观点去研究。

言所以达意，然而意绝不是完全可以言达的。因为言是固定的，有迹象的；意是瞬息万变，缥缈无踪的。言是散碎的，意是混整的。言是有限的，意是无限的。以言达意，好像用继续的虚线画实物，只能得其近似。

所谓文学，就是以言达意的一种美术。在文学作品中，语言之先的意象，和情绪意旨所附丽的语言，都要尽美尽善，才能引起美感。

尽美尽善的条件很多。但是第一要不违背美术的基本原理，要"和自然逼真"（True to nature）：这句话讲得通俗一点，就是说美术作品不能说谎。不说谎包含有两种意义：一、我们所说的话，就恰似我们所想说的话。二、我们所想说的话，我们都吐肚子说出来了，毫无余蕴。

意既不可以完全达之以言，“和自然逼真”一个条件在文学上不是做不到吗？或者我们问得再直接一点，假使语言文字能够完全传达情意，假使笔之于书的和存之于心的铢两悉称，丝毫不爽，这是不是文学上所应希求的一件事？

这个问题是了解文学及其他美术所必须回答的。现在我们姑且答道：文字语言固然不能全部传达情绪意旨，假使能够，也并非文学所应希求的。一切美术作品也都是这样，尽量表现，非唯不能，而也不必。

先从事实下手研究。譬如有一个荒村或任何物体，摄影家把它照一幅相，美术家把它画一幅画。这种相片和图画可以从两个观点去比较：第一，相片或图画，哪一个较“和自然逼真”？不消说的，在同一视阈以内的东西，相片都可以包罗尽致，并且体积比例和实物都两两相称，不会有丝毫错误；图画就不然，美术家对一种境遇，未表现之先，先加一番选择。选择定的材料还须经过一番理想化，把美术家的人格参加进去，然后表现出来。所表现的只是实物一部分，就连这一部分也不必和实物完全一致。所以图画决不能如相片一样“和自然逼真”。第二，我们再问，相片和图画所引起的美感哪一个浓厚，所发生的印象哪一个深刻，这也不消说，稍有美术口味的人都觉得图画比相片美得多。

文学作品也是同样。譬如《论语》，“子在川上曰：‘逝者如斯夫，不舍昼夜！’”几句话决没完全描写出孔子说这番话时候的心境，而“如斯夫”三字更笼统，没有把当时的流水形容尽致。如果说详细一点，孔子也许这样说：“河水滚滚地流去，日夜都是这样，没有一刻停止。世界上一切事物不都像这流水时常变化不尽吗？过去的事物不就永远过去决不回头吗？我看见这流水心中好不惨伤呀！……”但是纵使这样说去，还没有尽意。而比较起来，“逝者如斯夫，不舍昼夜！”九个字比这段长而臭的演义就值得玩味多了！在上等文学作品中——尤其在诗词中——这种言不尽意的例子处处都可以看见。譬如陶渊明的《时运》，“有风自南，翼彼新苗”；《读〈山海经〉》，“微雨从东来，好风与之俱”，本来没有表现出诗人的情绪，然而玩味起来，自觉有一种闲情逸致，令人心旷神怡。钱起的《省试湘灵鼓瑟》末二句，“曲终人不见，江上数峰青”，也没有说出诗人的心绪，然而一种凄凉惜别的神情自然流露于言语之外。此外像陈子昂的《幽州台怀古》：“前不见古人，后不见来者。念天地之悠悠，独怆然而涕下！”李白的《怨情》：“美人卷珠帘，深坐颦蛾眉。但见泪痕湿，不知心恨谁。”虽然说明了诗人的情感，而所说出来的多么简单，所含蓄的多么深远。再就写景说，无论何种境遇，要描写得惟妙惟肖，都要费许多笔墨。但是大手笔只选择两三件事轻描淡写一下，完全境遇便呈露眼前，栩栩如生。譬如陶渊明的《归园田居》：“方宅十余亩，草屋八九间。榆柳荫后檐，桃李罗堂前。暖暖远人村，依依墟里烟。狗吠深巷中，鸡鸣桑树巅。”四十字把乡村风景描写多么真切！再如杜工部的《后出塞》：“落日照大旗，马鸣风萧萧。平沙列万幕，部伍各见招。中天悬明月，令严夜寂寥。悲笳数声动，壮士惨不骄。”寥寥几句话，把月夜沙场状况写得多么有声有色，然而仔细观察起来，乡村景物还有多少为陶渊明所未提及，战地情况还有多少为杜工部所未提及。从此可知文学上我们并不以尽量表现为难能可贵。

在音乐里面，我们也有这种感想，凡是唱歌奏乐，音调由洪壮急促而变到低微以至于无声的时候，我们精神上就有一种沉默肃穆和平愉快的景象。白香山在《琵琶行》里形容琵琶声音暂时停顿的情况说："水泉冷涩弦凝绝，凝绝不通声暂歇。别有幽愁暗恨生，此时无声胜有声。"这就是形容音乐上无言之美的滋味。著名英国诗人济慈（Keats）在《希腊花瓶歌》也说，"听得见的声调固然幽美，听不见的声调尤其幽美"（Heard melodies are sweet:but,those unheard are sweeter），也是说同样道理。大概喜欢音乐的人都尝过此中滋味。

就戏剧说，无言之美更容易看出。许多作品往往在热闹场中动作快到极重要的一点时，忽然万籁俱寂，现出一种沉默神秘的景象。梅特林克（Maeterlinck）的作品就是好例。譬如《青鸟》的布景，择夜阑人静的时候，使重要角色睡得很长久，就是利用无言之美的道理。梅氏并且说："口开则灵魂之门闭，口闭则灵魂之门开。"赞无言之美的话不能比此更透辟了。莎氏比亚的名著《哈姆雷特》一剧开幕便描写更夫守夜的状况，德林瓦特（Drinkwater）在其《林肯》中描写林肯在南北战争军事旁午的时候跪着默祷，王尔德（O. Wilde）的《温德梅尔夫人的扇子》里面描写温德梅尔夫人私奔在她的情人寓所等候的状况，都在兴酣局紧，心悬悬渴望结局时，放出沉默神秘的色彩，都足以证明无言之美的。近代又有一种哑剧和静的布景，或只有动作而无言语，或连动作也没有，就专靠无言之美引人入胜了。

雕刻塑像本来是无言的，也可以拿来说明无言之美。所谓无言，不一定指不说话，是注重在含蓄不露。雕刻以静体传神，有些是流露的，有些是含蓄的。这种分别在眼睛上尤其容易看见。中国有一句谚语说，"金刚怒目，不如菩萨低眉"，所谓怒目，便是流露；所谓低眉，便是含蓄。凡看低头闭目的神像，所生的印象往往特别深刻。最有趣的就是西洋爱神的雕刻，她们男女都是瞎了眼睛。这固然根据古希腊的神话，然而实在含有美术的道理，因为爱情通常都在眉目间流露，而流露爱情的眉目是最难比拟的。所以索性雕成盲目，可以耐人寻思。当初雕刻家原不必有意为此，但这些也许是人类不用意识而自然碰的巧。

要说明雕刻上流露和含蓄的分别，古希腊著名雕刻《拉奥孔》（Laocoon）是最好的例子。相传拉奥孔犯了大罪，天神用了一种极残酷的刑法来惩罚他，遣了一条恶蛇把他和他的两个儿子在一块绞死了。在这种极刑之下，未死之前当然有一种悲伤惨戚目不忍睹的一顷刻，而古希腊雕刻家并不擒住这一顷刻来表现，他只把将达苦痛极点前一顷刻的神情雕刻出来，所以他所表现的悲哀是含蓄不露的。倘若是流露的，一定带了挣扎呼号的样子。这个雕刻，一眼看去，只觉得他们父子三人都有一种难言之恫；仔细看去，便可发现条条筋肉根根毛孔都暗示一种极苦痛的神情。德国莱辛（Lessing）的名著《拉奥孔》就根据这个雕刻，讨论美术上含蓄的道理。

以上是从各种艺术中信手拈来的几个实例。把这些个别的实例归纳在一起，我们可以得一个公例，就是：拿美术来表现思想和情感，与其尽量流露，不如稍有含蓄；与其吐肚子把一切都说出来，不如留一大部分让欣赏者自己去领会。因为在欣赏者的头脑里所生的印象和美感，有含蓄比较尽量流露的还要更加深刻。换句话说，说出来的越少，留着不说的越多，所引起的美感就越大越深越真切。

这个公例不过是许多事实的总结束。现在我们要进一步求出解释这个公例的理由。我们要问何以说得越少，引起的美感反而越深刻？何以无言之美有如许势力？

想答复这个问题，先要明白美术的使命。人类何以有美术的要求？这个问题本非一言可尽。现在我们姑且说，美术是帮助我们超现实而求安慰于理想境界的。人类的意志可向两方面发展：一是现实界，一是理想界。不过现实界有时受我们的意志支配，有时不受我们的意志支配。譬如我们想造一所房屋，这是一种意志。要达到这个意志，必费许多力气去征服现实，要开荒辟地，要造砖瓦，要架梁柱，要赚钱去请泥水匠。这些事都是人力可以办到的，都是可以用意志支配的。但是现实界凡物皆向地心下坠一条定律，就不可以用意志征服。所以意志在现实界活动，处处遇障碍，处处受限制，不能圆满地达到目的，实际上我们的意志十之八九都要受现实限制，不能自由发展。譬如谁不想有美满的家庭？谁不想住在极乐国？然而在现实界决没有所谓极乐美满的东西存在。因此我们的意志就不能不和现实发生冲突。

一般人遇到意志和现实发生冲突的时候，大半让现实征服了意志，走到悲观烦闷的路上去，以为件件事都不如人意，人生还有什么意味？所以堕落，自杀，逃空门种种的消极的解决法就乘虚而入了，不过这种消极的人生观不是解决意志和现实冲突最好的方法。因为我们人类生来不是懦弱者，而这种消极的人生观甘心让现实把意志征服了，是一种极懦弱的表示。

然则此外还有较好的解决法吗？有的，就是我所谓超现实。我们处世有两种态度，人力所能做到的时候，我们竭力征服现实。人力莫可奈何的时候，我们就要暂时超脱现实，储蓄精力待将来再向他方面征服现实。超脱到哪里去呢？超脱到理想界去。现实界处处有障碍有限制，理想界是天高任鸟飞，极空阔极自由的。现实界不可以造空中楼阁，理想界是可以造空中楼阁的。现实界没有尽美尽善，理想界是有尽美尽善的。

姑取实例来说明。我们走到小城市里去，看见街道窄狭污浊，处处都是阴沟厕所，当然感觉不快，而意志立时就要表示态度。如果意志要征服这种现实哩，我们就要把这种街道房屋一律拆毁，另造宽大的马路和清洁的房屋。但是谈何容易？物质上发生种种障碍，这一层就不一定可以做到。意志在此时如何对付呢？他说：我要超脱现实，去在理想界造成理想的街道房屋来，把它表现在图画上，表现在雕刻上，表现在诗文上。于是结果有所谓美术作品。美术家成了一件作品，自己觉得有创造的大力，当然快乐已极。旁人看见这种作品，觉得它真美丽，于是也愉快起来了，这就是所谓美感。

因此美术家的生活就是超现实的生活，美术作品就是帮助我们超脱现实到理想界去求安慰的。换句话说，我们有美术的要求，就因为现实界待遇我们太刻薄，不肯让我们的意志推行无碍，于是我们的意志就跑到理想界去求慰情的路径。美术作品之所以美，就美在它能够给我们很好的理想境界。所以我们可以说，美术作品的价值高低就看它超现实的程度大小，就看它所创造的理想世界是阔大还是窄狭。

但是美术又不是完全可以和现实界绝缘的。它所用的工具——例如雕刻用的石头，图画用的颜色，诗文用的语言——都是在现实界取来的。它所用的材料——例如人物情状悲欢离合——也是现实界的产物。所以美术可以说是以毒攻毒，利用现实的帮助以超脱现实的苦恼。上面我们说过，美术作品的价值高低要看它超脱现实的程度如何。这句话应稍加改正，我们应该说，美术作品的价值高低，就看它能否借极少量的现实界的帮助，创造极大量的理想世界出来。

在实际上说，美术作品借现实界的帮助愈少，所创造的理想世界也因而愈大。再拿相片和图画来说明。何以相片所引起的美感不如图画呢？因为相片上一形一影，件件都是真实的，而且应有尽有，发泄无遗。我们看相片，种种形影好像钉子把我们的想象力都钉死了。看到相片，好像看到二五，就只能想到一十，不能想到其他数目。换句话说，相片把事物看得忒真，没有给我们以想象余地。所以相片，只能抄写现实界，不能创造理想界。图画就不然。图画家用美术眼光，加一番选择的功夫，在一个完全境遇中选择了一小部事物，把它们又经过一番理想化，然后才表现出来。唯其留着一大部分不表现，欣赏者的想象力才有用武之地。想象作用的结果就是一个理想世界。所以图画所表现的现实世界虽极小而创造的理想世界则极大。孔子谈教育说："举一隅不以三隅反，则不复也。"相片是把四隅通举出来了，不要你劳力去"复"。图画就只举一隅，叫欣赏者加一番想象，然后"以三隅反"。

流行语中有一句说："言有尽而意无穷。"无穷之意达之以有尽之言，所以有许多意，尽在不言中。文学之所以美，不仅在有尽之言，而尤在无穷之意。推广地说，美术作品之所以美，不是只美在已表现的一部分，尤其是美在未表现而含蓄无穷的一大部分，这就是本文所谓无言之美。

因此美术要和自然逼真一个信条应该这样解释：和自然逼真是要窥出自然的精髓所在，而表现出来；不是说要把自然当作一篇印版文字，很机械地抄写下来。

这里有一个问题会发生。假使我们欣赏美术作品，要注重在未表现而含蓄着的一部分，要超"言"而求"言外意"，各个人有各个人的见解，所得的言外意不是难免殊异吗？当然，美术作品之所以美，就美在有弹性，能拉得长，能缩得短。有弹性所以不呆板。同一美术作品，你去玩味有你的趣味，我去玩味有我的趣味。譬如莎氏乐府所以在艺术上占极高位置，就因为各种阶级的人在不同的环境中都欢喜读它。有弹性所以不陈腐。同一美术作品，今天玩味有今天的趣味，明天玩味有明天的趣味。凡是经不得时代淘汰的作品都不是上乘。上乘文学作品，百读都令人不厌的。

就文学说，诗词比散文的弹性大，换句话说，诗词比散文所含的无言之美更丰富。散文是尽量流露的，愈发挥尽致，愈见其妙。诗词是要含蓄暗示，若即若离，才能引人入胜。现在一般研究文学的人都偏重散文——尤其是小说。对于诗词很疏忽。这件事实可以证明一般人文学欣赏力很薄弱。现在如果要提高文学，必先提高文学欣赏力，要提高文学欣赏力，必先在诗词方面特下功夫，把鉴赏无言之美的能力养得很敏捷。因此我很望文学创作者在诗词方面多努力，而学校国文课程中诗歌应该占一个重要的位置。

本文论无言之美，只就美术一方面着眼。其实这个道理在伦理、哲学、教育、宗教及实际生活各方面，都不难发现。老子《道德经》开卷便说："道可道，非常道；名可名，非常名。"这就是说伦理哲学中有无言之美。儒家谈教育，大半主张潜移默化，所以拿时雨春风做比喻。佛教及其他宗教之能深入人心，也是借沉默神秘的势力。幼儿园创造者蒙台梭利利用无言之美的办法尤其有趣。在她的幼儿园里，教师每天趁儿童玩得很热闹的时候，猛然地在粉板上写一个"静"字，或奏一声琴。全体儿童于是都跑到自己的座位去，闭着眼睛蒙着头伏案假睡的姿势，但是他们不可睡着。几分钟后，教师又用很轻微的声音，从颇远的地方呼唤各个儿童的名字。听见名字的就要立刻醒来。这就是使儿童可以在沉默中领略无言之美。

就实际生活方面说，世间最深切的莫如男女爱情。爱情摆在肚子里面比摆在口头上来得恳切。"齐心同所愿，含意俱未伸"和"更无言语空相觑"，比较"细语温存"、"怜我怜卿"的滋味还要更加甜蜜。英国诗人布莱克（Blake）有一首诗叫作《爱情之秘》（Love' s Secret）里面说：

（一）
切莫告诉你的爱情，
爱情是永远不可以告诉的。
因为她像微风一样，
不做声不做气地吹着。

（二）
我曾经把我的爱情告诉而又告诉，
我把一切都披肝沥胆地告诉爱人了，
打着寒战，耸头发地告诉，
然而她终于离我去了！

（三）
她离我去了，
不多时一个过客来了。
不做声不做气地，只微叹一声，
便把她带去了。

这首短诗描写爱情上无言之美的势力，可谓透辟已极了。本来爱情完全是一种心灵的感应，其深刻处是老子所谓不可道不可名的。所以许多诗人以为“爱情”两个字本身就太滥太寻常太乏味，不能拿来写照男女间神圣深挚的情绪。

其实何止爱情？世间有许多奥妙，人心有许多灵悟，都非言语可以传达，一经言语道破，反如甘蔗渣滓，索然无味。这个道理还可以推到宇宙人生诸问题方面去。我们所居的世界是最完美的，就因为它是最不完美的。这话表面看去，不通已极。但是实在含有至理。假如世界是完美的，人类所过的生活——比好一点，是神仙的生活；比坏一点，就是猪的生活——便呆板单调已极，因为倘若件件都尽美尽善了，自然没有希望发生，更没有努力奋斗的必要。人生最可乐的就是活动所生的感觉，就是奋斗成功而得的快慰。世界既完美，我们如何能尝创造成功的快慰？这个世界之所以美满，就在有缺陷，就在有希望的机会，有想象的田地。换句话说，世界有缺陷，可能性（Potentiality）才大。这种可能而未能的状况就是无言之美。世间有许多奥妙，要留着不说出；世间有许多理想，也应该留着不实现。因为实现以后，跟着"我知道了"的快慰便是"原来不过如是"的失望。

天上的云霞有多么美丽！风涛虫鸟的声息有多么和谐！用颜色来摹绘，用金石丝竹来比拟，任何美术家也是作践天籁，糟蹋自然！无言之美何限？让我这种拙手来写照，已是糟粕枯骸！这种罪过我要完全承认的。倘若有人骂我胡言乱道，我也只好引陶渊明的诗回答他说："此中有真味，欲辨已忘言！"

1924 年仲冬于上虞白马湖

记得绿罗裙，处处怜芳草
——美感与联想

美感与快感之外，还有一个更易惹误解的纠纷问题，就是美感与联想。

什么叫作联想呢？联想就是见到甲而想到乙。甲唤起乙的联想通常不外起于两种原因：或是甲和乙在性质上相类似，例如看到春光想起少年，看到菊花想起节士；或是甲和乙在经验上曾相接近，例如看到扇子想起萤火虫，走到赤壁想起曹孟德或苏东坡。类似联想和接近联想有时混在一起，牛希济的“记得绿罗裙，处处怜芳草”两句词就是好例。词中主人何以“记得绿罗裙”呢？因为罗裙和他的欢爱者相接近；他何以“处处怜芳草”呢？因为芳草和罗裙的颜色相类似。

意识在活动就是联想在进行，所以我们差不多时时刻刻都在起联想。听到声音知道说话的是谁，见到一个字知道它的意义，都是起于联想作用。联想是以旧经验诠释新经验，如果没有它，知觉、记忆和想象都不能发生，因为它们都得根据过去的经验。从此可知联想为用之广。

联想有时可用意志控制，作文构思时或追忆一时记不起的过去经验时，都是勉强把联想挤到一条路上去走。但是在大多数情境之中，联想是自由的，无意的，飘忽不定的。听课读书时本想专心，而打球、散步、吃饭、邻家的猫儿种种意象总是不由你自主地闯进脑里来，失眠时越怕胡思乱想，越禁止不住胡思乱想。这种自由联想好比水流湿，火就燥，稍有勾搭，即被牵绊，未登九天，已入黄泉。比如我现在从“火”字出发，就想到红、石榴，家里的天井、浮山、雷鲤的诗，鲤鱼，孔夫子的儿子等，这个联想线索前后相承，虽有关系可寻,但是这些关系都是偶然的。我的“火”字的联想线索如此，换一个人或是我自己在另一时境，“火”字的联想线索却另是一样。从此可知联想的散漫飘忽。

联想的性质如此。多数人觉得一件事物美时，都是因为它能唤起甜美的联想。

在“记得绿罗裙，处处怜芳草”的人看，芳草是很美的。颜色心理学中有许多同类的事实。许多人对于颜色都有所偏好，有人偏好红色，有人偏好青色，有人偏好白色。据一派心理学家说，这都是出于联想作用。例如红是火的颜色，所以看到红色可以使人觉得温暖；青是田园草木的颜色，所以看到青色可以使人想到乡村生活的安闲。许多小孩子和乡下人看画，都只是欢喜它的花红柳绿的颜色。有些人看画，欢喜它里面的故事，乡下人欢喜把孟姜女、薛仁贵、桃园三结义的图糊在壁上做装饰，并不是因为那些木板雕刻的图好看，是因为它们可以提起许多有趣故事的联想。这种脾气并不只是乡下人才有。我每次陪朋友们到画馆里去看画，见到他们所特别注意的第一是几张有声名的画，第二是有历史性的作品如耶稣临刑图、拿破仑结婚图之类，像伦勃朗所画的老太公、老太婆，和后期印象派的山水风景之类的作品，他们却不屑一顾。此外又有些人看画（和看一切其他艺术作品一样），偏重它所含的道德教训。理学先生看到裸体雕像或画像，都不免起若干嫌恶。记得詹姆斯在他的某一部书里说过有一次见过一位老修道妇，站在一幅耶稣临刑图面前合掌仰视，悠然神往。旁边人问她那幅画如何，她回答说："美极了，你看上帝是多么仁慈，让自己的儿子被牺牲，来赎人类的罪孽！"

在音乐方面，联想的势力更大。多数人在听音乐时，除了联想到许多美丽的意象之外，便别无所得。他们欢喜这个调子，因为它使他们想起清风明月；不欢喜那个调子，因为它唤醒他们以往的悲痛的记忆。钟子期何以负知音的雅名？因为他听伯牙弹琴时，惊叹说："善哉！峨峨兮若泰山，洋洋兮若江河。"李颀在胡笳声中听到什么？他听到的是"空山百鸟散还合，万里浮云阴且晴"。白乐天在琵琶声中听到什么？他听到的是"银瓶乍破水浆迸，铁骑突出刀枪鸣"。苏东坡怎样形容洞箫？他说："其声呜呜然，如怨如慕，如泣如诉。余音袅袅，不绝如缕。舞幽谷之潜蛟，泣孤舟之嫠妇。"这些数不尽的例子都可以证明多数人欣赏音乐，都是欣赏它所唤起的联想。

联想所伴的快感是不是美感呢？

历来学者对于这个问题可分两派，一派的答案是肯定的，一派的答案是否定的。这个争辩就是在文艺思潮史中闹得很凶的形式和内容的争辩。依内容派说，文艺是表现情思的，所以文艺的价值要看它的情思内容如何而决定。第一流文艺作品都必有高深的思想和真挚的情感。这句话本来是不可辩驳的。但是侧重内容的人往往从这个基本原理抽出两个其他的结论，第一个结论是题材的重要。所谓题材就是情节。他们以为有些情节能唤起美丽堂皇的联想，有些情节只能唤起丑陋凡庸的联想。比如做史诗和悲剧，只应采取英雄为主角，不应采取愚夫愚妇。第二个结论就是文艺应含有道德的教训。读者所生的联想既随作品内容为转移，则作者应设法把读者引到正经路上去，不要用淫秽卑鄙的情节摇动他的邪思。这些学说发源较早，它们的影响到现在还是很大。从前人所谓“思无邪”、“言之有物”、“文以载道”，现在人所谓“哲理诗”、“宗教艺术”、“革命文学”等等，都是侧重文艺的内容和文艺的无关美感的功效。

这种主张在近代颇受形式派的攻击，形式派的标语是“为艺术而艺术”。他们说，两个画家同用一个模特儿，所成的画价值有高低；两个文学家同用一个故事，所成的诗文意蕴有深浅。许多大学问家、大道德家都没有成为艺术家，许多艺术家并不是大学问家、大道德家。从此可知艺术之所以为艺术，不在内容而在形式。如果你不是艺术家，纵有极好的内容，也不能产生好作品出来；反之，如果你是艺术家，极平庸的东西经过灵心妙运、点铁成金之后，也可以成为极好的作品。印象派大师如莫奈、梵高诸人不是往往在一张椅子或是几间破屋之中表现一个情深意永的世界出来吗？这一派学说到近代才逐渐占势力。在文学方面的浪漫主义，在图画方面的印象主义，尤其是后期印象主义，在音乐方面的形式主义，都是看轻内容的。单拿图画来说，一般人看画，都先问里面画的是什么，是怎样的人物或是怎样的故事。这些东西在术语上叫作“表意的成分”。近代有许多画家就根本反对画中有任何“表意的成分”。看到一幅画，他们只注意它的颜色、线纹和阴影，不问它里面有什么意义或是什么故事。假如你看到这派的作品，你起初只望见许多颜色凑合在一起，须费过一番审视和猜度，才知道所画的是房子或是崖石。这一派人是最反对杂联想于美感的。

这两派的学说都持之有故，言之成理，我们究竟何去何从呢？

我们否认艺术的内容和形式可以分开来讲（这个道理以后还要谈到），不过关于美感与联想这个问题，我们赞成形式派的主张。

就广义说，联想是知觉和想象的基础；艺术不能离开知觉和想象，就不能离开联想。但是我们通常所谓联想，是指由甲而乙，由乙而丙，辗转不止的乱想。就这个普通的意义说，联想是妨碍美感的。美感起于直觉，不带思考，联想却不免带有思考。在美感经验中我们聚精会神于一个孤立绝缘的意象上面，联想则最易使精神涣散，注意力不专一，使心思由美感的意象旁迁到许多无关美感的事物上面去。在审美时我看到芳草就一心一意地领略芳草的情趣；在联想时我看到芳草就想到罗裙，又想到穿罗裙的美人，既想到穿罗裙的美人，心思就已不复在芳草了。

联想大半是偶然的。比如说，一幅画的内容是“西湖秋月”，如果观者不聚精会神于画的本身而信任联想，则甲可以联想到雷峰塔，乙可以联想到往日同游西湖的美人，这些联想纵然有时能提高观者对于这幅画的好感，画本身的美却未必因此而增加，而画所引起的美感则反因精神涣散而减少。

知道这番道理，我们就可以知道许多通常被认为美感的经验其实并非美感了。假如你是武昌人，你也许特别欢喜崔颢的《黄鹤楼》诗；假如你是陶渊明的后裔，你也许特别欢喜《陶渊明集》；假如你是道德家,你也许特别欢喜《打鼓骂曹》的戏或是韩退之的《原道》;假如你是古董贩，你也许特别欢喜河南新出土的龟甲文或是敦煌石室里面的壁画；假如你知道达·芬奇的声名大，你也许特别欢喜他的《蒙娜丽莎》。这都是自然的倾向，但是这都不是美感，都是持实际人的态度，在艺术本身以外求它的价值。

只言片语妙天下

随感录主要地是供咀嚼的书。虽是零篇断简，它们是长久涵养的结晶，读者须优游涵泳，有证于经验，有契于心怀，才能吸收它们的好处。

人类思想和语文都逐渐由简朴到繁富，随感录一类文章的特色在简朴而隽永，所以古代人只要寥寥数语就可以了事。不过近代人也有一个特殊倾向，宜于在随感录方面发展，就是他们比古人较锐意求精巧，不惜钩心斗角雕章琢句，一方面炫耀自己的才智，一方面博取听者的惊心夺目。在欧洲，这倾向在第十七八世纪的法国最为显著，法国人承继拉丁的“清晰”的理想，思想最尖锐而语文也最灵活，思想尖锐的人们最容易窥探深心的秘奥，也最容易取刺讥或打诨的态度，本着这种民族思想与语文的特性，法国人比较会把一个道理或一种心情轻描淡写地表达出来，显得既委婉（elegant）而又有锋芒（pointed）。在十七八世纪，法国社会在客厅里聚谈的风气很盛，一个人能否成功成名颇要看他在客厅里话谈得漂亮不漂亮。所谓漂亮并非指滔滔雄辩，而是指微妙精巧，耐人寻味。话不在多，却要实在能动听，这恰是随感录一类文章所要做到的，而法国人对此在客厅谈话中都有娴熟的训练，所以随感录在近代法国特别成功，法国人也替这类作品奠定了一个极恰当的名称，这就是Pensees，意谓“所感想的”，提起这个名称，我们当然要想到帕斯卡尔（Pascal），在他以前，蒙田（Montaigne）已经写过一些近似随感录的文章，不过篇幅较长，归到“试字”（Essay）一类较妥。帕斯卡尔才是法国随感录体裁的真正的典型，现在摘译数则以见一斑：

人愈有智慧就发现愈多的优异的人，平常人见不出人与人的分别。

莫说我没有新鲜话可说：材料的处置总是新鲜的，好比玩手球，你和我们玩的同是一个球，可是我把它摆布得比较好。

自然本色的文章风格令人惊而且喜，因为人本来指望看见一个作家，所发现的却是一个人。

克莉奥佩特拉（注：埃及皇后，叫几位罗马大将倾倒）的鼻子如果短一分，全世界就会为之改观。

你为什么杀我？——什么？你不是住在河那边吗？朋友，你如果住在河这边，我就算是杀人犯，这样杀你就不公平；但是你既然住在河那边，而我是一个好汉，杀你就是公平。

人只是一棵芦苇，自然界最脆弱的，但是一棵运用思想的芦苇。要摧毁他，无须全宇宙都武装起来，一股气，一滴水，都够致他死命，但是在宇宙摧毁他时，人依然比摧毁者较高贵，因为他知道自己死，知道宇宙比他占便宜；而宇宙却毫不知道。

这无穷空间的无终寂静使我颤栗。

第一流随感录的作者往往同时具备哲学家与诗人两重资格，帕斯卡尔可以为证，唯其是哲学家，才能看得高远也看得微细；唯其是诗人，才能融情于理，给它一个一个令人欣喜而且不易忘记的表现方式。

和帕斯卡尔同时的还有一位拉罗什富科公爵，写过一部《箴言录》(La Rochefoucauld：*Maximes*)，在随感录体裁中也久已成为一部经典。这是一位老于世故者，对于人性的较不光荣的一方面特别看得清楚，例如：

自尊心在一切谄媚者之中是最大的一个。

情欲往往产生和它们相反的情欲：贪吝有时生奢侈，奢侈也有时生贪吝；人有时强硬由于软弱，大胆由于怯懦。

我们都有足够的力量忍受旁人的痛苦。

有些过失如果我们自己不犯，我们看到旁人犯了，就不会那样高兴。

伪善是罪恶向德行所致的敬礼。

多数人爱公正只怕是自己受到不公正。

人人都埋怨自己的记忆力不好，没有人埋怨自己的判断力不好。

我们太惯于对旁人作伪，结果对自己也就作伪了。

愚蠢往往保护我们不受聪明人的欺骗。

全书简直是一部性恶论，与一般道德家言是两回事。随感录一类文章本宜于在简洁中露锋芒，带一点刺讥的辛辣性容易显得干脆而生动。说坏话要俏皮容易，说好话要俏皮难，难在不落平凡，一落平凡，便失去这类体裁的长处。

随感录在法国最为发达，作者如林。伏尔泰（Voltaire）、香孚（Chamfort）和沃维纳格（Vauvenargues）都是所谓“以言语妙天下”的。较晚起的犹伯尔（Joubert）特别值得提及。他自己说过：“如果世间有人呕尽心肝要把一部书的话写成一页，一页的话写成一句，一句的话写成一个字——那就是我。”

英国方面随感录作者也很多。斯密斯教授（L. P. Smith）曾辑有一部选本，并且做了一篇论文介绍。对这类文章有兴趣的人们可以问津于此。德国方面诗人歌德也是随感录的高手，此外叔本华、尼采诸哲学家亦时有隽语。大约英国人重实际，随感录中世故语者多；德国人富于玄想，随感录中诗意哲理居多。不过这两国语文都比法文重拙，所以随感录这类体裁并非这两国人的特长所在。本文意在说明这类体裁的特点，不在穷溯它的历史，所以姑且从略。

培根说过，有些书是供咀嚼的。随感录主要地是供咀嚼的书。虽是零篇断简，它们是长久涵养的结晶，读者须优游涵泳，有证于经验，有契于心怀，才能吸收它们的好处。它们不是茶余酒后的消遣，也不是“锲而不舍”的正经功课。唯其如此，当你一气读下去的读品，它们颇像珍味杂陈，不免令人腻味。作者原不是一气写下去，读者也就不宜一气读下去，最好今日东取一鳞，明日西取一爪，有时间仔细玩索。它们可供咀嚼，却也只能当作小点心咀嚼。

（原题《随感录（下）——小品文略谈之二》，
载 1948 年 4 月 26 日《天津民国日报》）

什么叫作美

一

艺术的美丑既不是自然的美丑，它们究竟是什么呢？

有人问圣·奥古斯丁："时间究竟是什么？"他回答说："你不问我，我本来很清楚地知道它是什么；你问我，我倒觉得茫然了。"世间许多习见周知的东西都是如此，最显著的就是"美"。我们天天都应用这个字，本来不觉得它有什么难解，但是哲学家们和艺术家们摸索了两三千年，到现在还没有寻到一个定论。听他们的争辩，我们不免越弄越糊涂。我们现在研究这个似乎易懂的字何以实在那么难懂。

我们说花红、胭脂红、人面红、血红、火红、衣服红、珊瑚红等，红是这些东西所共有的性质。这个共同性可以用光学分析出来，说它是光波的一定长度和速度刺激视官所生的色觉。同样地，我们说花美、人美、风景美、声音美、颜色美、图画美、文章美等，美也应该是所形容的东西所共有的属性。这个共同性究竟是什么呢？

美学却没有像光学分析红色那样，把它很清楚地分析出来。

美学何以没有做到光学所做到的呢？美和红有一个重要的分别。红可以说是物的属性，而美很难说完全是物的属性。比如一朵花本来是红的，除开色盲，人人都觉得它是红的。至于说这朵花美，各人的意见就难得一致。尤其是比较新比较难的艺术作品不容易得一致的赞美。假如你说它美，我说它不美，你用什么精确的客观的标准可以说服我呢？美与红不同，红是一种客观的事实，或者说，一种自然的现象，美却不是自然的，多少是人凭着主观所定的价值。“主观”是最纷歧、最渺茫的标准，所以向来对于美的审别，和对于美的本质的讨论，都非常纷歧。如果人们对于美的见解完全是纷歧的，美的审别完全是主观的、个别的，我们也就不把美的性质当作一个科学上的问题。因为科学目的在于杂多现象中寻求普遍原理，普遍原理都有几分客观性，美既然完全是主观的，没有普遍原理可以统辖它，它自然不能成为科学研究的对象了。但是事实又并不如此。关于美感，纷歧之中又有几分一致，一个东西如果是美的，虽然不能使一切人都觉得美，却能使多数人觉得美。所以美的审别究竟还有几分客观性。

研究任何问题，都须先明白它的难点所在，忽略难点或是回避难点，总难得到中肯的答案。美的问题难点就在它一方面是主观的价值，一方面也有几分是客观的事实。历来讨论这个问题的学者大半只顾到某一方面而忽略另一方面，所以寻来寻去，终于寻不出美的真面目。

大多数人以为美纯粹是物的一种属性，正犹如红是物的另一种属性。换句话说，美是物所固有的，犹如红是物所固有的，无论有人观赏或没有人观赏，它永远存在那里。凡美都是自然美。从这个观点研究美学者往往从物的本身寻求产生美感的条件。比如就简单的线形说，柏拉图以为最美的线形是圆和直线，画家霍加斯(Hogarth)以为它是波动的曲线，据德国美学家斐西洛（Fechner）的实验，它是一般画家所说的“黄金分割”（Golden section），即宽与长成1与1.618之比的长方形。古希腊哲学家毕达哥拉斯（Pythagoras）以为美的线形和一切其他美的形象都必显得“对称”（Symmetry），至于对称则起于数学的关系，所以美是一种数学的特质。近代数学家莱布尼兹（Leibniz）也是这样想，比如我们在听音乐时都在潜意识中比较音调的数量的关系，和谐与不和谐的分别即起于数量的配合匀称与不匀称。画家达·芬奇（Leonardo da Vinci）以为最美的人颜面与身材的长度应成一与十之比。每种艺术都有无数的传统的秘诀和信条，我们只略翻阅讨论各种艺术技巧的书籍，就可以看出在物的本身寻求美的条件的实例多至不胜枚举。这些条件也有为某种艺术所特有的，如上述线形美诸例；也有为一切艺术所共有的，如“寓整齐于变化”（Unity in variety）、“全体一贯”（Organic unity）、“入情入理”（Verisimilitude）诸原则。一般人都以为一件事物如果使人觉得美时，它本身一定具有上述种种美的条件。

美的条件未尝与美无关，但是它本身不就是美，犹如空气含水分是雨的条件，但空气中的水分却不就是雨。其次，就上述线形美实验看，美的条件也言人人殊；就论各种艺术技巧的书籍看，美的条件是数不清的。把美的本质问题改为美的条件问题，不但是离开本题，而且愈难从纷乱的议论中寻出一个合理的结论。具有美的条件的事物仍然不能使一切人都觉得美。知道了什么是美的条件，创作家不就因而能使他的作品美，欣赏家也不就因而能领略一切作品的美。从此可知美不能完全当作一种客观的事实，主观的价值也是美的一个重要的成因。这就是说，艺术美不就是自然美，研究美不能像研究红色一样，专门在物本身着眼，同时还要着重观赏者在所观赏物中所见到的价值。我们只问“物本身如何才是美”还不够，另外还要问“物如何才能使人觉到美”或是“人在何种情形之下才估定一件事物为美”？

二

以上所说的在物本身寻求美的条件，是把艺术美和自然美混为一事，把美看成一种纯粹的客观的事实。此外有些哲学家专从价值着眼。所谓“价值”都是由于物对于人的关系所发生出来的。比如说“善”(Good)是人从伦理学、经济学种种实用观点所定的价值，“真”(Truth)是人从科学和哲学观点所定的价值。“美”本来是人从艺术观点所定的价值，但是美学家们往往因为不能寻出美的特殊价值所在，便把它和“善”或“真”混为一事。

“善”的最浅近的意义是“用”(Useful)。凡是善，不是对于事物自身有实用，就是对于人生社会有实用。就广义说，美的嗜好是一种自然需要的满足，也还算是有用，也还是一种善。不过就狭义说，美并非实用生活所必需，与从实用观点所见到的“善”是两种不同的价值。许多人却把美看作一种从实用观点所见到的善。我们在第二章里所说的海边农夫以为门前海景不如屋后一园菜美，是以有用为美的最好的实例。在色诺芬(Xenophon)的《席上谈》里有一段关于苏格拉底的趣事。有一次希腊举行美男子竞赛，当大家设筵庆贺胜利者时，苏格拉底站起来说最美的男子应该是他自己，因为他的眼睛像金鱼一样突出，最便于视；他的鼻孔阔大朝天，最便于嗅；他的嘴宽大，最便于饮食和接吻。这段故事对于美学有两重意义：第一，它显示一般人心中所以为美的大半是指有用的；第二，它也证明以实用标准定事物的美丑，实在不是一种精确的办法，苏格拉底所自夸的突眼、朝天鼻孔和大嘴虽然有用，仍然不能使他在美男子竞赛中得头等奖。

我们在讨论文艺与道德时，也提到许多人想把“美的”和“道德的”混为一事，我们的结论是这两种属性虽有时相关而却不容相混。现在我们无须复述旧话，只作一句总结说：“美”和“有用的”“道德的”各种“善”都有分别。

有一派哲学家把“美”和“真”混为一事。艺术作品本来脱离不去“真”，所谓“全体一贯”“入情入理”诸原则都是“真”的别名。但是艺术的真理或“诗的真理”（Poetic truth）和科学的真理究竟是两回事。比如但丁的《神曲》或曹雪芹的《红楼梦》所表现的世界都全是想象的、虚构的，从科学观点看，都是不真实的。但是在这虚构的世界中，一切人物情境仍是入情入理，使人看到不觉其为虚构，这就是“诗的真理”。凡是艺术作品大半是虚构（Fiction），但同时也都是名学家所说的假然判断（Hypothetical judgment）。例如“泰山为人”本不真实，但是“若泰山为人，则泰山有死”则有真实。艺术的虚构大半也是如此，都可以归纳成“若甲为乙，则甲为丙”的形式，我们不应该从科学观点讨论甲是否实为乙，只应问在“甲为乙”的假定之下，甲是否有为丙的可能。柏拉图和亚理斯多德的争执即起于此种分别。柏拉图见到“甲为乙”是虚构，便说诗无真理；亚理斯多德见到“若甲为乙，则甲为丙”在名学上仍可成立，所以主张诗自有“诗的真理”。我们承认一切艺术都有“诗的真理”，因为假然判断仍有必然性与普遍性；但是否认“诗的真理”

就是科学的真理，因为假然判断的根据是虚构的。

我们所说的不分美与真的哲学家们所指的“真”，并非“诗的真理”而是科学或哲学的真理。多数唯心派哲学家都犯了这个毛病，尤其是黑格尔。据他说，“概念（Idea）从感官所接触的事物中照耀出来，于是有美”，换句话说，美就是个别事物所现出的“永恒的理性”。美的特质为“无限”（Infinitude）和“自由”（Freedom）。自然是有限的，受必然律支配的，所以在美的等差中位置最低。同是自然事物所表现的“无限”和“自由”也有程度的差别，无生物不如生物，生物之中植物不如动物，而一般动物又不如人，美也随这个等差逐渐增高。最无限、最自由的莫如心灵，所以最高的美都是心灵的表现。模仿自然，决不能产生最高的美，只有艺术里面有最高的美，因为艺术纯是心灵的表现。艺术与自然相反，它的目的就在超脱自然的限制而表现心灵的自由。它的位置高低就看它是否完全达到这个目的。诗纯是心灵的表现，受自然的限制最少，所以在艺术中位置最高；建筑受自然的限制最多，所以位置最低。

英国学者司特斯（Stace）在他的《美的意义》里附和黑格尔的学说而加以发挥。在他看，美也是概念的具体化。概念有三种。一种是“先经验的”（A priori concepts），即康德所说的“范畴”，如时间、空间、因果、偏全、肯否等，为一切知觉的基础，有它们才能有经验。一种是“后经验的知觉的概念”（Empirical perceptual concepts），如人、马、黑、长等。想到这种概念时，心里都要同时想到它们所代表的事物，所以不能脱离知觉。它们是知觉个别事物的基础，例如知觉马必用“马”的概念。另一种是“后经验的非知觉的概念”（Empirical nonperceptual concepts），例如“自由”“进化”“文明”“秩序”“仁爱”“和平”等。我们想到这些概念时，心中不必同时想到它们所代表的事物，所以是“非知觉的”，游离不着实际的。这种“后经验的非知觉的概念”表现于可知觉的个别事物时，于是有美。无论是自然或是艺术，在可以拿“美”字来形容时，后面都写有一种理想。不过这种理想须与它的符号（即个别事物）融化成天衣无缝，不像在寓言中符号和意义可以分立。

哲学家讨论问题，往往离开事实，架空立论，使人如堕五里雾中。我们常人虽无方法辩驳他们，心里却很知道自己的实际经验，并不像他们所说的那么一回事。美感经验是最直接的，不假思索的。看罗丹的《思想者》雕像，听贝多芬的交响曲，或是读莎士比亚的悲剧，谁先想到“自由”“无限”种种概念和理想，然后才觉得它美呢？“概念”“理想”之类抽象的名词都是哲学家们的玩艺儿，艺术家们并不在这些上面劳心焦思。

三

统观以上种种关于美的见解，可以粗略地分为两类。一类是信任常识者所坚持的，着重客观的事实，以为美全是物的一种属性，艺术美也还是一种自然美，物自身本来就有美，人不过是被动的鉴赏者。一类是唯心派哲学家所主张的，着重主观的价值，以为美是一种概念或理想，物表现这种概念或理想，才能算是美，像休谟在他的《论文集》第 22 篇中所说的：“美并非事物本身的属性，它只存在观赏者的心里。”我们已经说过，这两说都很难成立。如果美全在物，则物之美者人人应觉其为美，艺术上的趣味不应有很大的分歧；如果美全在心，则美成为一种抽象的概念，它何必附丽于物，固是问题，而且在实际上，我们审美并不想到任何抽象的概念。

我们介绍唯心派哲学家对于美的见解时，没有谈到康德，康德是同时顾到美的客观性与主观性两方面的，他的学说可以用两条原则概括起来：

一、美感判断与名理判断不同，名理判断以普泛的概念为基础，美感判断以个人的目前感觉为基础，所以前者是客观的，后者是主观的。

二、一般主观的感觉完全是个别的，随人随时而异。美感判断虽然是主观的，同时却像名理判断有普遍性和必然性。这种普遍性和必然性纯赖感官，不借助于概念。物使我觉其美时，我的心理机能（如想象、知解等）和谐地活动，所以发生不沾实用的快感。一人觉得美的，大家都觉得美（即所谓美感判断的必然性和普遍性），因为人类心理机能大半相同。

康德超出一般美学家，因为他抓住问题的难点，知道美感是主观的，凭借感觉而不假概念的；同时却又不完全是主观的，仍有普遍性和必然性。依他看，美必须借心才能感觉到，但物亦必须具有适合心理机能一个条件，才能使心感觉到美。不过康德对于美感经验中的心与物的关系似仍不甚了解。据他的解释，一个形象适合心理机能，与一种颜色适合生理机能，并无分别；心对美的形象，和视官对美的颜色一样，只处于感受的地位。这种感受是直接的，所以康德走到极端的形式主义，以为只有音乐与无意义的图案画之类，纯以形式直接地打动感官的东西才能有"纯粹的美"，至于带有实用联想的自然物和模仿自然的艺术都只能具"有依赖的美"。因为它们不是纯粹由感官直接感受而要借助于概念的。这种学说把诗、图画、雕刻、建筑一切含有意义或实用联想的艺术以及大部分自然都摈诸"纯粹的美"范围之外，显然不甚圆满。他所以走到极端的形式主义者，由于把美感经验中的心看作被动的感受者。

美不仅在物，亦不仅在心，它在心与物的关系上面；但这种关系并不如康德和一般人所想象的，在物为刺激，在心为感受；它是心借物的形象来表现情趣。世间并没有天生自在、俯拾即是的美，凡是美都要经过心灵的创造。我们在第一章已详细分析过，在美感经验中，我们须见到一个意象或形象，这种“见”就是直觉或创造；所见到的意象须恰好传出一种特殊的情趣，这种“传”就是表现或象征；见出意象恰好表现情趣，就是审美或欣赏。创造是表现情趣于意象，可以说是情趣的意象化；欣赏是因意象而见情趣，可以说是意象的情趣化。美就是情趣意象化或意象情趣化时心中所觉到的“恰好”的快感。“美”是一个形容词，它所形容的对象不是生来就是名词的“心”或“物”,而是由动词变成名词的“表现”或“创造”，这番话较笼统，现在我们把它的含义抽绎出来。

第一，我们这样地解释美的本质，不但可以打消美本在物及美全在心两个大误解，而且可以解决内容与形式的纠纷。从前学者有人主张美与内容有关，有人以为美全在形式，这问题闹得天昏地暗，到现在还是莫衷一是。“内容”“形式”两词的意义根本就很混沌，如果它们在艺术上有任何精确的意义，内容应该是情趣，形式应该是意象：前者为“被表现者”，后者为“表现媒介”。“未表现的”情趣和“无所表现的”意象都不是艺术，都不能算是美，所以“美在内容抑在形式”根本不成为问题。美既不在内容，也不在形式，而在它们的关系——表现——上面。

其次，我们这种见解看重美是创造出来的，它是艺术的特质，自然中无所谓美。在觉自然为美时，自然就已告成表现情趣的意象，就已经是艺术品。比如欣赏一棵古松，古松在成为欣赏对象时，决不是一堆无所表现的物质，它一定变成一种表现特殊情趣的意象或形象。这种形象并不是一件天生自在、一成不变的东西。如果它是这样，则无数欣赏者所见到的形象必定相同。但在实际上甲与乙同在欣赏古松，所见到的形象却甲是甲乙是乙，所以如果两个人同时把它画出，结果是两幅不同的图画。从此可知各人所欣赏到的古松的形象其实是各人所创造的艺术品。它有艺术品所常具的个性，因为它是各人临时临境的性格和情趣的表现。古松好比一部词典，各人在这部词典里选择一部分词出来，表现他所特有的情思，于是有诗，这诗就是各人所见的古松的形象。你和我都觉得这棵古松美，但是它何以美？你和我所见到的却各不相同。一切自然风景都可以作如是观。陶潜在“悠然见南山”时，杜甫在见到“造化钟神秀，阴阳割昏晓”时，李白在觉得“相看两不厌，惟有敬亭山”时，辛弃疾在想到“我见青山多妩媚，青山见我应如是”时，都觉得山美，但是山在他们心中所引起的意象和所表现的情趣都是特殊的。阿米儿（Amiel）说：“一片自然风景就是一种心境”，唯其如此，它也就是一件艺术品。

第三，离开传达问题而专言美感经验，我们的学说否认创造和欣赏有根本上的差异。创造之中都寓有欣赏，欣赏之中也都寓有创造。比如陶潜在写“采菊东篱下，悠然见南山”那首诗时，先在环境中领略到一种特殊情趣，心里所感的情趣与眼中所见的意象猝然相遇，默然相契。这种契合就是直觉、表现或创造。他觉得这种契合有趣，就是欣赏。唯其觉得有趣，所以他借文字为符号把它留下印痕来，传达给别人看。这首诗印在纸上时只是一些符号。我如果不认识这些符号，它对于我就不是诗，我就不能觉得它美。印在纸上的或是听到耳里的诗还是生糙的自然，我如果要觉得它美，一定要认识这些符号，从符号中见出意象和情趣，换句话说，我要回到陶潜当初写这首诗时的地位，把这首诗重新在心中“再造”出来，才能够说欣赏。陶潜由情趣而意象而符号，我由符号而意象而情趣，这种进行次第先后容有不同，但是情趣意象先后之分究竟不甚重要，因为它们在分立时艺术都还没有成就，艺术的成就在情趣意象契合融化为一整体时。无论是创造者或是欣赏者都必须见到情趣意象混化的整体（创造），同时也都必觉得它混化得恰好（欣赏）。

最后，我们的学说肯定美是艺术的特点。这是一般常识所赞助的结论，我们所以特别提出者，因为从托尔斯泰以后，有一派学者以为艺术与美毫无关系。托尔斯泰把艺术看成一种语言，是传达情感的媒介。这种见解与现代克罗齐、理查兹诸人的学说颇有不谋而合处。就“什么叫作艺术”这个问题的答案说，托尔斯泰实在具有特见。他的错误在没有懂得“什么叫作美”，他归纳许多19世纪哲学家所下的美的定义说：“美是一种特殊的快感。”他接受了这个错误的美的定义,看见它与“艺术是传达情感的媒介”这个定义不相容，便说艺术的目的不在美。近来美国学者杜卡斯（Ducasse）在他的《艺术哲学》里附和托尔斯泰，也陷于同样的错误。托尔斯泰和杜卡斯等人忘记情感是主观的，必客观化为意象，才可以传达出去。情趣和意象相契合混化，便是未传达以前的艺术，契合混化的恰当便是美。察觉到美寻常都伴着不沾实用的快感，但是这种快感是美的后效,并非美的本质。艺术的目的直接地在美,间接地在美所伴的快感。

四

如果“美”的性质不易明白，“丑”的定义更难下得精确。“美”

字的相反字是“不美”，“不美”却不一定就是“丑”。许多事物不能引起我们的好恶，我们对于它们只是漠不关心，它们对于我们也只是不美不丑。所以在美学中，“丑”不完全是消极的，应该有一种积极的意义。它的积极的意义是什么呢？

一般人所说的丑大半不外指第九章所说的“自然丑”的两种意义。它或是使人生不快感，如无规律的线形和嘈杂的声音；或是事物的变态，如人的残缺和树的臃肿。我们已经见过，这两种意义的“丑”与“艺术丑”之“丑”应该有分别，因为这些自然丑都可以化为艺术美。

此外“丑”对于一般人也许还另有一个意义，就是难了解欣赏的美。一位英国老太婆看见埃及的金字塔，很失望地说：“我向来没有见过比它更丑拙的东西！”一般人的艺术趣味大半是传统的，因袭的，他们对于艺术作品的反应，通常都沿着习惯养成的抵抗力最小的途径走。如果有一种艺术作品和他们的传统观念和习惯反应格格不入，那对于他们就是丑的。凡是新兴的艺术风格在初出世时都不免使人觉得丑，假古典派对于“哥特式”（Gothic）艺术的厌恶，以及许多其他史例，都是明证。但是这种意义的“丑”起于观赏者的弱点，并非艺术本身的“丑”。

我们所要明白的就是艺术本身的“丑”究竟是怎么一回事。这个问题为许多近代美学家所争辩过。据克罗齐说：美是“成功的表现”（Successful expression），丑是“不成功的表现”（Unsuccessful expression）。这两句结论中第一句是我们所承认的，但是第二句关于“丑”的话却有一个大难点。把“丑”和“美”都摆在美学范围里并论时，就是承认“丑”和“美”同样是一种美感的价值。但是“不成功的表现”就不算是艺术，就是美感经验以外的东西，那么，“丑”

（美感经验以外的价值）就不能和“美”（美感经验以内的价值）并列在同一个范围里面了。换句话说，是艺术就必定是美的，艺术范围之内不能有所谓“丑”。“艺术丑”这个名词就不能成立。如果我们全部接受克罗齐的美学，势必走到这种困境，因为克罗齐把美看成绝对的价值，不容有程度上的比较。

英国美学家鲍申葵在他的《美学三讲》里把这个困难说得最清楚：

> 情感表现于形象，于是有美。一件事物与美相冲突，或产生一种影响与美的影响恰相反者——这就是我们所谓的丑——它自身不是有表现性的形象，就是没有表现性的形象。如果它是没有表现性的形象，那么，就美感说，它就没有什么意义。如果它是有表现性的形象，那么，它就寓有一种情感，就落到美的范围以内了。

依鲍申葵说，丑的形象须同时似有表现性而实无表现性。它好像是表现一种情感，但是实在没有把它表现出来。它把想象引到一个方向去，同时又把想象的去路打断，好比闪烁很快的光，刚引起视觉活动，马上就强迫它停住，所以引起失望与不快感。有心要露出有表现性的样子，而实在空洞无所表现，于是有丑，所以丑只可以在虚伪的矫揉造作、貌似神非的艺术里发现。自然中不能有这种意义的丑，因为自然不能像人一样，有意地作表现的尝试。

依我们看，鲍申葵虽然明白“丑”的问题难点，他的答案却仍不甚圆满，因为他没有见到似有表现性而实无表现性的东西究竟还不是“表现”或艺术。既不是表现或艺术，它就要落到以讨论表现或艺术为职务的美学范围以外了。这种困难根本是从价值问题来的。如果承认美的价值是绝对的，那么，一个形象或有表现性，或无表现性。有表现性就是美，否则就只是“不美”，“丑”字在美学中便无地位。如果承认美的价值是有比较的，则表现在“恰到好处”这个理想之下可以有种种程度上的等差。离“恰到好处”的标准点愈远就愈近于丑。依这一说，“丑”“美”一样是美感范围以内的价值，它们的不同只是程度的而不是绝对的。我们相信这个解释是美丑问题难关的唯一出路。

“当局者迷，旁观者清”

——艺术和实际人生的距离

有几件事实我觉得很有趣味，不知道你有同感没有？

我的寓所后面有一条小河通莱茵河。我在晚间常到那里散步一次，走成了习惯，总是沿东岸去，过桥沿西岸回来。走东岸时我觉得西岸的景物比东岸的美；走西岸时适得其反，东岸的景物又比西岸的美。对岸的草木房屋固然比较这边的美，但是它们又不如河里的倒影。同是一棵树，看它的正身本极平凡，看它的倒影却带有几分另一世界的色彩。我平时又欢喜看烟雾朦胧的远树、大雪笼盖的世界和深更夜静的月景。本来是习见不以为奇的东西，让雾、雪、月盖上一层白纱，便见得很美丽。

北方人初看到西湖，平原人初看到峨眉，虽然审美力薄弱的村夫也惊讶它们是奇景；但在生长在西湖或峨眉的人除了以居近名胜自豪以外，心里往往觉得西湖和峨眉实在也不过如此。新奇的地方都比熟悉的地方美。东方人初到西方，或是西方人初到东方，都往往觉得面前景物件件值得玩味。本地人自以为不合时尚的服装和举动，在外方人看，却往往有一种美的意味。

古董癖也是很奇怪的，一个周朝的铜鼎或是一个汉朝的瓦瓶在当时也不过是盛酒盛肉的日常用具，在现在却变成很稀有的艺术品。固然有些好古董的人是贪它值钱，但是觉得古董实在可玩味的人却不少。我到外国人家去时，主人常欢喜拿一点中国东西给我看。这总不外瓷罗汉、蟒袍、渔樵耕读图之类的装饰品，我看到每每觉得羞涩，而主人却诚心诚意地夸奖它们好看。

种田人常羡慕读书人，读书人也常羡慕种田人。竹篱瓜架旁的黄粱浊酒和朱门大厦中的山珍海鲜，在旁观者所看出来的滋味都比当局者亲口尝出来的好。读陶渊明的诗，我们常觉到农人的生活真是理想的生活，可是农人自己在烈日寒风之中耕作时所尝到的况味，绝不似陶渊明所描写的那样闲逸。

人常是不满意自己的境遇而羡慕他人的境遇，所以俗话说："家花不比野花香。"人对于现在和过去的态度也有同样的分别。本来是很酸辛的遭遇，到后来往往变成很甜美的回忆。我小时在乡下住，早晨看到的是那几座茅屋、几畦田、几排青山，晚上看到的也还是那几座茅屋、几畦田、几排青山，觉得它们真是单调无味，现在回忆起来，却不免有些留恋。

这些经验你一定也注意到的。它们是什么缘故呢？

这全是观点和态度的差别。看倒影，看过去，看旁人的境遇，看稀奇的景物，都好比站在陆地上远看海雾，不受实际的切身的利害牵绊，能安闲自在地玩味目前美妙的景致。看正身，看现在，看自己的境遇，看习见的景物，都好比乘海船遇着海雾，只知它妨碍呼吸，只嫌它耽误程期，预兆危险，没有心思去玩味它的美妙。持实用的态度看事物，它们都只是实际生活的工具或障碍物，都只能引起欲念或嫌恶。要见出事物本身的美，我们一定要从实用世界跳开，以“无所为而为”的精神欣赏它们本身的形相。总而言之，美和实际人生有一个距离，要见出事物本身的美，须把它摆在适当的距离之外去看。

再就上面的实例说，树的倒影何以比正身美呢？它的正身是实用世界中的一片段，它和人发生过许多实用的关系。人一看见它，不免想到它在实用上的意义，发生许多实际生活的联想。它是避风息凉的或是架屋烧火的东西。在散步时我们没有这些需要，所以就觉得它没有趣味。倒影是隔着一个世界的，是幻境的，是与实际人生无直接关联的。我们一看到它，就立刻注意到它的轮廓、线纹和颜色，好比看一幅图画一样。这是形相的直觉，所以是美感的经验。总而言之，正身和实际人生没有距离，倒影和实际人生有距离，美的差别即起于此。

同理，游历新境时最容易见出事物的美。习见的环境都已变成实用的工具。比如我久住在一个城市里面，出门看见一条街就想到朝某方向走是某家酒店，朝某方向走是某家银行；看见了一座房子就想到它是某个朋友的住宅，或是某个总长的衙门。这样的“自盘而之钟”，我的注意力就迁到旁的事物上去，不能专心致志地看这条街或是这座房子究竟像个什么样子。在崭新的环境中，我还没有认识事物的实用的意义，事物还没有变成实用的工具，一条街还只是一条街而不是到某银行或某酒店的指路标，一座房子还只是某颜色某线形的组合而不是私家住宅或是总长衙门，所以我能见出它们本身的美。

一件本来惹人嫌恶的事情，如果你把它推远一点看，往往可以成为很美的意象。卓文君不守寡，私奔司马相如，陪他当垆卖酒。我们现在把这段情史传为佳话。我们读李长吉的“长卿怀茂陵，绿草垂石井。弹琴看文君，春风吹鬓影。”几句诗，觉得它是多么幽美的一幅画！但是在当时人看，卓文君失节却是一件秽行丑迹。袁子才尝刻一方“钱塘苏小是乡亲”的印，看他的口吻是多么自豪！但是钱塘苏小究竟是怎样的一个伟人？她原来不过是南朝的一个妓女。和这个妓女同时的人谁肯攀她做“乡亲”呢？当时的人受实际问题的牵绊，不能把这些人物的行为从极繁复的社会信仰和利害观念的圈套中划出来，当作美丽的意象来观赏。我们在时过境迁之后，不受当时的实际问题的牵绊，所以能把它们当作有趣的故事来谈。它们在当时和实际人生的距离太近，到现在则和实际人生距离较远了，好比经过一些年代的老酒，已失去它的原来的辣性，只留下纯淡的滋味。

一般人迫于实际生活的需要，都把利害认得太真，不能站在适当的距离之外去看人生世相，于是这丰富华严的世界，除了可效用于饮食男女的营求之外，便无其他意义。他们一看到瓜就想它是可以摘来吃的，一看到漂亮的女子就起性欲的冲动。他们完全是占有欲的奴隶。花长在园里何尝不可以供欣赏？他们却欢喜把它摘下来挂在自己的襟上或是插在自己的瓶里。一个海边的农夫逢人称赞他的门前海景时，便很羞涩地回过头来指着屋后一园菜说：“门前虽没有什么可看的，屋后这一园菜却还不差。”许多人如果不知道周鼎汉瓶是很值钱的古董，我相信他们宁愿要一个不易打烂的铁锅或瓷罐，不愿要那些不能煮饭藏菜的破铜破铁。这些人都是不能在艺术品或自然美和实际人生之中维持一种适当的距离。

艺术家和审美者的本领就在能不让屋后的一园菜压倒门前的海景，不拿盛酒盛菜的标准去估定周鼎汉瓶的价值，不把一条街当作到某酒店和某银行去的指路标。他们能跳开利害的圈套，只聚精会神地观赏事物本身的形相。他们知道在美的事物和实际人生之中维持一种适当的距离。

我说“距离”时总不忘冠上“适当的”三个字,这是要注意的。“距离”可以太过,可以不及。艺术一方面要能使人从实际生活牵绊中解放出来,一方面也要使人能了解、能欣赏,“距离”不及,容易使人回到实用世界,距离太远,又容易使人无法了解欣赏。这个道理可以拿一个浅例来说明。

王渔洋的《秋柳诗》中有两句说:“相逢南雁皆愁侣,好语西乌莫夜飞。”在不知道这诗的历史的人看来,这两句诗是漫无意义的,这就是说,它的距离太远,读者不能了解它,所以无法欣赏它。《秋柳诗》原来是悼明亡的,“南雁”是指国亡无所依附的故旧大臣,“西乌”是指有意屈节降清的人物。假使读这两句诗的人自己也是一个“遗老”,他对于这两句诗的情感一定比旁人较能了解。但是他不一定能取欣赏的态度,因为他容易看这两句诗而自伤身世,想到种种实际人生问题上面去,不能把注意力专注在诗的意象上面,这就是说,《秋柳诗》对于他的实际生活距离太近了,容易把他由美感的世界引回到实用的世界。

许多人欢喜从道德的观点来谈文艺,从韩昌黎的“文以载道”说起,一直到现代“革命文学”以文学为宣传的工具止,都是把艺术硬拉回到实用的世界里去。一个乡下人看戏,看见演曹操的角色扮老奸巨猾的样子惟妙惟肖,不觉义愤填胸,提刀跳上舞台,把他杀了。从道德的观点评艺术的人们都有些类似这位杀曹操的乡下佬,义气虽然是义气,无奈是不得其时、不得其地。他们不知道道德是实际人生的规范,而艺术是与实际人生有距离的。

艺术须与实际人生有距离,所以艺术与极端的写实主义不相容。

写实主义的理想在妙肖人生和自然，但是艺术如果真正做到妙肖人生和自然的境界，总不免把观者引回到实际人生，使他的注意力旁迁于种种无关美感的问题，不能专心致志地欣赏形相本身的美，比如裸体女子的照片常不免容易刺激性欲，而裸体雕像如《密罗斯爱神》，裸体画像如法国安格尔的《汲泉女》，都只能令人肃然起敬。这是什么缘故呢？这就是因为照片太逼肖自然，容易像实物一样引起人的实用的态度；雕刻和图画都带有若干形式化和理想化，都有几分不自然，所以不易被人误认为实际人生中的一片段。

艺术上有许多地方，乍看起来，似乎不近情理。古希腊和中国旧戏的角色往往戴面具，穿高底鞋，表演时用歌唱的声调，不像平常说话。埃及雕刻对于人体加以抽象化，往往千篇一律。波斯图案画把人物的肢体加以不自然的扭曲，中世纪“哥特式”诸大教寺的雕像把人物的肢体加以不自然的延长。中国和西方古代的画都不用远近阴影。这种艺术上的形式化往往遭浅人唾骂，它固然时有流弊，其实也含有至理。这些风格的创始者都未尝不知道它不自然，但是他们的目的正在使艺术和自然之中有一种距离。说话不押韵，不论平仄，做诗却要押韵，要论平仄，道理也是如此。艺术本来是弥补人生和自然缺陷的。如果艺术的最高目的仅在妙肖人生和自然，我们既已有人生和自然了，又何取乎艺术呢？

艺术都是主观的，都是作者情感的流露，但是它一定要经过几分客观化。艺术都要有情感，但是只有情感不一定就有艺术。许多人本来是笨伯而自信是可能的诗人或艺术家。他们常埋怨道：“可惜我不是一个文学家，否则我的生平可以写成一部很好的小说。”富于艺术材料的生活何以不能产生艺术呢？艺术所用的情感并不是生糙的而是经过反省的。蔡琰在丢开亲生子回国时决写不出《悲愤诗》，杜甫在“入门闻号咷,幼子饥已卒”时决写不出《奉先咏怀》诗。《悲愤诗》和《奉先咏怀》诗都是“痛定思痛”的结果。艺术家在写切身的情感时，都不能同时在这种情感中过活，必定把它加以客观化，必定由站在主位的尝受者退为站在客位的观赏者。一般人不能把切身的经验放在一种距离以外去看，所以情感尽管深刻，经验尽管丰富，终不能创造艺术。

文学与人生

文学是以语言文字为媒介的艺术。就其为艺术而言，它与音乐、图画、雕刻及一切号称艺术的制作有共同性：作者对于人生世相都必有一种独到的新鲜的观感，而这种观感都必有一种独到的新鲜的表现；这观感与表现即内容与形式，必须打成一片，融合无间，成为一种有生命的和谐的整体，能使观者由玩索而生欣喜。达到这种境界，作品才算是“美”。美是文学与其他艺术所必具的特质。就其以语言文字为媒介而言，文学所用的工具就是我们日常运思说话所用的工具，无待外求，不像形色之于图画雕刻，乐声之于音乐。每个人不都能运用形色或音调，可是每个人只要能说话就能运用语言，只要能识字就能运用文字。语言文字是每个人表现情感思想的一套随身法宝，它与情感思想有最直接的关系。因为这个缘故，文学是一般人接近艺术的一条最直截简便的路；也因为这个缘故，文学是一种与人生最密切相关的艺术。

我们把语言文字联在一起说，是就文化现阶段的实况而言，其实在演化程序上，先有口说的语言而后有手写的文字，写的文字与说的语言在时间上的距离可以有数千年乃至数万年之久，到现在世间还有许多民族只有语言而无文字。远在文字未产生以前，人类就有语言，有了语言就有文学。文学是最原始的也是最普遍的一种艺术。在原始民族中，人人都欢喜唱歌，都欢喜讲故事，都欢喜戏拟人物的动作和姿态。这就是诗歌、小说和戏剧的起源。于今仍在世间流传的许多古代名著，像中国的《诗经》，希腊的荷马史诗，欧洲中世纪的民歌和英雄传说，原先都由口头传诵，后来才被人用文字写下来。在口头传诵的时期，文学大半是全民众的集体创作。一首歌或是一篇故事先由一部分人倡始，一部分人随和，后来一传十，十传百，辗转相传，每个传播的人都贡献一点心裁把原文加以润色或增损。我们可以说，文学作品在原始社会中没有固定的著作权，它是流动的，生生不息的，集腋成裘的。它的传播期就是它的生长期，它的欣赏者也就是它的创作者。这种文学作品最能表现一个全社会的人生观感，所以从前关心政教的人要在民俗歌谣中窥探民风国运，采风观乐在春秋时还是一个重要的政典。我们还可以进一步说，原始社会的文学就几乎等于它的文化；它的历史、政治、宗教、哲学等等都反映在它的诗歌、神话和传说里面。希腊的神话史诗，中世纪的民歌传说以及近代中国边疆民族的歌谣、神话和民间的故事都可以为证。

口传的文学变成文字写定的文学，从一方面看，这是一个大进步，因为作品可以不纯由记忆保存，也不纯由口诵流传，它的影响可以扩充到更久更远。但从另一方面看，这种变迁也是文学的一个厄运，因为识字另需一番教育，文学既由文字保存和流传，文字便成为一种障碍，不识字的人便无从创造或欣赏文学，文学便变成一个特殊阶级的专利品。文人成了一个特殊阶级，而这阶级化又随社会演进而日趋尖锐，文学就逐渐和全民众疏远。这种变迁的坏影响很多，第一，文学既与全民众疏远，就不能表现全民众的精神和意识，也就不能从全民众的生活中吸收力量与滋养，它就不免由窄狭化而传统化、形式化、僵硬化。其次，它既成为一个特殊阶级的兴趣，它的影响也就限于那个特殊阶级，不能普及于一般人，与一般人的生活不发生密切关系，于是一般人就把它认为无足轻重。文学在文化现阶段中已成为一种奢侈，而不是生活的必需。在最初，凡是能运用语言的人都爱好文学；后来文字产生，只有识字的人才能爱好文学；现在连识字的人也大半不能爱好文学，甚至有一部分鄙视或仇视文学，说它的影响不健康或根本无用。在这种情形之下，一个人要郑重其事地来谈文学，难免有几分心虚胆怯，他至少须说出一点理由来辩护他的不合时宜的举动。这篇开场白就是替以后陆续发表的十几篇谈文学的文章作一个辩护。

先谈文学有用无用问题。一般人嫌文学无用，近代有一批主张“为文艺而文艺”的人却以为文学的妙处正在它无用。它和其他艺术一样，是人类超脱自然需要的束缚而发出的自由活动。比如说，茶壶有用，因能盛茶，是壶就可以盛茶，不管它是泥的、瓦的、扁的、圆的，自然需要止于此。但是人不以此为满足，制壶不但要能盛茶，还要能娱目赏心，于是在质料、式样、颜色上费尽机巧以求美观。就浅狭的功利主义看，这种功夫是多余的，无用的；但是超出功利观点来看，它是人自作主宰的活动。人不惮烦要作这种无用的自由活动，才显得人是自家的主宰，有他的尊严，不只是受自然驱遣的奴隶；也才显得他有一片高尚的向上心。要胜过自然，要弥补自然的缺陷，使不完美的成为完美。文学也是如此。它起于实用，要把自己所知所感的说给旁人知道；但是它超过实用，要找好话说，要把话说得好，使旁人在话的内容和形式上同时得到愉快。文学所以高贵，值得我们费力探讨，也就在此。

这种“为文艺而文艺”的看法确有一番正当道理，我们不应该以浅狭的功利主义去估定文学的身价。但是我以为我们纵然退一步想，文学也不能说是完全无用。人之所以为人，不只因为他有情感思想，尤在他能以语言文字表现情感思想。试假想人类根本没有语言文字，像牛羊犬马一样，人类能否有那样灿烂的文化？文化可以说大半是语言文字的产品。有了语言文字，许多崇高的思想，许多微妙的情境，许多可歌可泣的事迹才能那样流传广播，由一个心灵出发，去感动无数的心灵，去启发无数心灵的创造。这感动和启发的力量大小与久暂，就看语言文字运用得好坏。在数千载之下，《左传》《史记》所写的人物事迹还能活现在我们眼前，若没有左丘明、司马迁的那种生动的文笔，这事如何能做到？这数千载之下，柏拉图的《对话集》所表现的思想对于我们还是那么亲切有趣，若没有柏拉图的那种深入而浅出的文笔，这事又如何能做到？从前也许有许多值得流传的思想与行迹，因为没有遇到文人的点染，就湮没无闻了。我们自己不时常感觉到心里有话要说而说不出的苦楚吗？孔子说得好：“言之无文，行之不远。”单是“行远”这一个功用就深广不可思议。

柏拉图、卢梭、托尔斯泰和程伊川都曾怀疑到文学的影响，以为它是不道德的或是不健康的。世间有一部分文学作品确有这种毛病，本无可讳言，但是因噎不能废食，我们只能归咎于作品不完美，不能断定文学本身必有罪过。从纯文艺观点看，在创作与欣赏的聚精会神的状态中，心无旁涉，道德的问题自无从闯入意识阈。纵然离开美感态度来估定文学在实际人生中的价值，文艺的影响也决不会是不道德的，而且一个人如果有纯正的文艺修养，他在文艺方面所受的道德影响可以比任何其他体验与教训的影响更为深广。“道德的”与“健全的”原无二义。健全的人生理想是人性的多方面的谐和的发展，没有残废也没有臃肿。譬如草木，在风调雨顺的环境之下，它的一般生机总是欣欣向荣，长得枝条茂畅，花叶扶疏。情感思想便是人的生机，生来就需要宣泄生长，发芽开花。有情感思想而不能表现，生机便遭窒塞残损，好比一株发育不完全而呈病态的花草。文艺是情感思想的表现，也就是生机的发展，所以要完全实现人生，离开文艺决不成。世间有许多对文艺不感兴趣的人干枯浊俗，生趣索然，其实都是一些精神方面的残废人，或是本来生机就不畅旺，或是有畅旺的生机因为窒塞而受摧残。如果一种道德观要养成精神上的残废人，它的本身就是不道德的。

表现在人生中不是奢侈而是需要，有表现才能有生展，文艺表现情感思想,同时也就滋养情感思想使它生展。人都知道文艺是“怡情养性”的。请仔细玩索“怡养”两字的意味！性情在怡养的状态中,它必是健旺的,生发的,快乐的。这“怡养”两字却不容易做到,在这纷纭扰攘的世界中，我们大部分时间与精力都费在解决实际生活问题，奔波劳碌，很机械地随着疾行车流转，一日之中能有几许时刻回想到自己有性情？遑论怡养！凡是文艺都是根据现实世界而铸成另一超现实的意象世界，所以它一方面是现实人生的反照，一方面也是现实人生的超脱。在让性情怡养在文艺的甘泉中时，我们霎时间脱去尘劳，得到精神的解放，心灵如鱼得水地徜徉自乐；或是用另一个比喻来说，在干燥闷热的沙漠里走得很疲劳之后，在清泉里洗一个澡，绿树荫下歇一会儿凉。世间许多人在劳苦里打翻转，在罪孽里打翻转，俗不可耐，苦不可耐，原因只在洗澡歇凉的机会太少。

从前中国文人有“文以载道”的说法，后来有人嫌这看法的道学气太重，把“诗言志”一句老话抬出来，以为文学的功用只在言志；释志为“心之所之”，因此言志包含表现一切心灵活动在内。文学理论家于是分文学为“载道”、“言志”两派，仿佛以为这两派是两极端，绝不相容——“载道”是“为道德教训而文艺”，“言志”是“为文艺而文艺”。其实这个问题的关键全在“道”字如何解释。如果释“道”为狭义的道德教训，载道显然就小看了文学。文学没有义务要变成劝世文或是修身科的高头讲章。如果释“道”为人生世相的道理，文学就决不能离开“道”，“道”就是文学的真实性。志为心之所之，也就要合乎“道”，情感思想的真实本身就是“道”，所以“言志”即“载道”，根本不是两回事，哲学科学所谈的是“道”，文艺所谈的仍是“道”，所不同者哲学科学的道理是抽象的，是从人生世相中抽绎出来的，好比从盐水中提出来的盐；文艺的道是具体的，是含蕴在人生世相中的，好比盐溶于水，饮者知咸，却不辨何者为盐，何者为水。用另一个比喻来说，哲学科学的道是客观的、冷的、有精气而无血肉的；文艺的道是主观的、热的，通过作者的情感与人格的渗沥，精气与血肉凝成完整生命的。换句话说，文艺的“道”与作者的“志”融为一体。

我常感觉到，与其说“文以载道”，不如说“因文证道”。《楞严经》记载佛有一次问他的门徒从何种方便之门，发菩提心，证圆通道。几十个菩萨罗汉轮次起答，有人说从声音，有人说从颜色，有人说从香味，大家共说出 25 个法门（六根、六尘、六识、七大，每一项都可成为证道之门）。读到这段文章，我心里起了一个幻想，假如我当时在座，轮到我起立作答时，我一定说我的方便之门是文艺。我不敢说我证了道，可是从文艺的玩索，我窥见了道的一斑。文艺到了最高的境界，从理智方面说，对于人生世相必有深广的观照与彻底的了解，如阿波罗凭高远眺，华严世界尽成明镜里的光影，大有佛家所谓万法皆空，空而不空的景象；从情感方面说，对于人世悲欢好丑必有平等的真挚的同情，冲突化除后的谐和，不沾小我利害的超脱，高等的幽默与高度的严肃，成为相反者之同一。博格森说世界时时刻刻在创化中，这好比一个无始无终的河流，孔子所看到的“逝者如斯夫，不舍昼夜”，希腊哲人所看到的“濯足清流，抽足再入，已非前水”，所以时时刻刻有它的无穷的兴趣。抓住某一时刻的新鲜景象与兴趣而给以永恒的表现，这是文艺。一个对于文艺有修养的人决不感觉到世界的干枯与人生的苦闷。他自己有表现的能力固然很好，纵然不能，他也有一双慧眼看世界，整个世界的动态便成为他的诗，他的图画，他的戏剧，让他的性情在其中“怡养”。到了这种境界,人生便经过了艺术化,而身历其境的人,在我想,可以算得一个有“道”之士。从事于文艺的人不一定都能达到这个境界，但是它究竟不失为一个崇高的理想，值得追求，而且在努力修养之后，可以追求得到。

“情人眼底出西施”
——美与自然

我们关于美感的讨论，到这里可以告一段落了，现在最好把上文所说的话回顾一番，看我们已经占住了多少领土。美感是什么呢？从积极方面说，我们已经明白美感起于形相的直觉，而这种形相是孤立自足的，和实际人生有一种距离；我们已经见出美感经验中我和物的关系，知道我的情趣和物的姿态交感共鸣，才见出美的形相。从消极方面说，我们已经明白美感一不带意志欲念，有异于实用态度，二不带抽象思考，有异于科学态度；我们已经知道一般人把寻常快感、联想，以及考据与批评认为美感的经验是一种大误解。

美生于美感经验，我们既然明白美感经验的性质，就可以进一步讨论美的本身了。

什么叫作美呢？

在一般人看，美是物所固有的。有些人物生来就美，有些人物生来就丑。比如称赞一个美人，你说她像一朵鲜花，像一颗明星，像一只轻燕，你决不说她像一个布袋，像一条犀牛或是像一只癞虾蟆。这就分明承认鲜花、明星和轻燕一类事物原来是美的，布袋、犀牛和癞虾蟆一类事物原来是丑的。说美人是美的，也犹如说她是高是矮是肥是瘦一样，她的高矮肥瘦是她的星宿定的，是她从娘胎带来的，她的美也是如此，和你看者无关。这种见解并不限于一般人，许多哲学家和科学家也是如此想。所以他们费许多心力去实验最美的颜色是红色还是蓝色，最美的形体是曲线还是直线，最美的音调是 G 调还是 F 调。

但是这种普遍的见解显然有很大的难点，如果美本来是物的属性，则凡是长眼睛的人们应该都可以看到，应该都承认它美，好比一个人的高矮，有尺可量，是高大家就要都说高，是矮大家就要都说矮。但是美的估定就没有一个公认的标准。假如你说一个人美，我说她不美，你用什么方法可以说服我呢？有些人欢喜辛稼轩而讨厌温飞卿，有些人欢喜温飞卿而讨厌辛稼轩，这究竟谁是谁非呢？同是一个对象，有人说美，有人说丑，从此可知美本在物之说有些不妥了。

因此，有一派哲学家说美是心的产品。美如何是心的产品，他们的说法却不一致。康德以为美感判断是主观的而却有普遍性，因为人心的构造彼此相同。黑格尔以为美是在个别事物中见出“概念”或理想。比如你觉得峨眉山美，由于它表现“庄严”“厚重”的概念。你觉得《孔雀东南飞》美，由于它表现“爱”与“孝”两个理想的冲突。托尔斯泰以为美的事物都含有宗教和道德的教训。此外还有许多其他的说法。说法既不一致，就只有都是错误的可能而没有都是不错的可能，好比一个数学题生出许多不同的答数一样。大约哲学家们都犯过信理智的毛病，艺术的欣赏大半是情感的而不是理智的。在觉得一件事物美时，我们纯凭直觉，并不是在下判断，如康德所说的；也不是在从个别事物中见出普遍原理，如黑格尔、托尔斯泰一班人所说的；因为这些都是科学的或实用的活动，而美感并不是科学的或实用的活动。还不仅此，美虽不完全在物而却非与物无关。你看到峨眉山才觉到庄严、厚重，看到一个小土墩却不能觉到庄严、厚重。从此可知物须先有使人觉到美的可能性，人不能完全凭心灵创出美来。

依我们看，美不完全在外物，也不完全在人心，它是心物婚媾后所产生的婴儿。美感起于形相的直觉。形相属物而却不完全属于物，因为无我即无由见出形相；直觉属我而却不完全属于我，因为无物则直觉无从活动。美之中要有人情也要有物理，二者缺一都不能见出美。再拿欣赏古松的例子来说，松的苍翠劲直是物理，松的清风亮节是人情。从“我”的方面说，古松的形相并非天生自在的，同是一棵古松，千万人所见到的形相就有千万不同，所以每个形相都是每个人凭着人情创造出来的，每个人所见到的古松的形相就是每个人所创造的艺术品，它有艺术品通常所具的个性，它能表现各个人的性分和情趣。从“物”的方面说，创造都要有创造者和所创造物，所创造物并非从无中生有，也要有若干材料，这材料也要有创造成美的可能性。松所生的意象和柳所生的意象不同，和癞虾蟆所生的意象又不同。所以松的形相这一个艺术品的成功，一半是我的供献，一半是松的供献。

这里我们要进一步研究我与物如何相关了。何以有些事物使我觉得美，有些事物使我觉得丑呢？我们最好用一个浅例来说明这个道理。比如我们看左列六条垂直线，往往把它们看成三个柱子，觉得这三个柱子所围的空间（即 a 与 b、c 与 d 和 e 与 f 所围的空间）离我们较近，而 b 与 c 以及 d 与 e 所围的空间则看成背景，离我们较远。还不仅此。我们把这六条垂直线摆在一块看，它们仿佛自成一个谐和的整体；至于 g 与 h 两条没有规律的线则仿佛是这整体以外的东西，如果勉强把它搭上前面的六条线一块看，就觉得它不和谐。

（1）a 与 b、c 与 d、e 与 f 距离都相等。

（2）b 与 c、d 与 e 距离相等，略大于 a 与 b 的距离。

（3）f 与 c 的距离较 b 与 c 的距离大。

（4）a、b、c、d、e、f 为六条平行垂直线，g 与 h 为两条没有规律的线。

从这个有趣的事实，我们可以看出两个很重要的道理：（一）最简单的形相的直觉都带有创造性。把六条垂直线看成三个柱子，就是直觉到一种形相。它们本来同是垂直线，我们把 a 和 b 选在一块看，却不把 b 和 c 选在一块看；同是直线所围的空间，本来没有远近的分别，我们却把 a、b 中空间看得近，把 b、c 中空间看得远。从此可知在外物者原来是散漫混乱，经过知觉的综合作用，才现出形相来。形相是心灵从混乱的自然中所创造成的整体。

（二）心灵把混乱的事物综合成整体的倾向却有一个限制，事物也要本来就有可综合为整体的可能性。a 至 f 六条线可以看成一个整体，g 与 h 两条线何以不能纳入这个整体里面去呢？这里我们很可以见出在觉美觉丑时心和物的关系。我们从左看到右时，看出 c、d 和 a、b 相似，d、e 又和 b、c 相似。这两种相似的感觉便在心中形成一个有规律的节奏，使我们预料此后都可由此例推，右边所有的线都顺着左边诸线的节奏。视线移到 e、f 两线时，所预料的果然出现，e、f 果然与 c、d 也相似。预料而中，自然发生一种快感。但是我们再向右看，看到 g 与 h 两线时，就猛然与前不同，不但 g 和 f 的距离猛然变大，原来是像柱子的平行垂直线，现在却是两条毫无规律的线。这是预料不中，所以引起不快感。因此 g 与 h 两线不但在物理方面和其他六条线不同，在情感上也和它们不能谐和的，所以被摈于整体之外。

这里所谓“预料”自然不是有意的，好比深夜下楼一样，步步都踏着一步梯，就无意中预料以下都是如此，倘若猛然遇到较大的距离，或是踏到平地，才觉得这是出于意料。许多艺术都应用规律和节奏，而规律和节奏所生的心理影响都以这种无意的预料为基础。

懂得这两层道理，我们就可以进一步来研究美与自然的关系了。一般人常欢喜说“自然美”，好像以为自然中已有美，纵使没有人去领略它，美也还是在那里。这种见解就是我们在上文已经驳过的美本在物的说法。其实“自然美”三个字，从美学观点看，是自相矛盾的，是“美”就不“自然”，只是“自然”就还没有成为“美”。说“自然美”就好比说上文六条垂直线已有三个柱子的形相一样。如果你觉得自然美，自然就已经过艺术化，成为你的作品，不复是生糙的自然了。比如你欣赏一棵古松，一座高山，或是一湾清水，你所见到的形相已经不是松、山、水的本色，而是经过人情化的。各人的情趣不同，所以各人所得于松、山、水的也不一致。

流行语中有一句话说得极好，“情人眼底出西施”。美的欣赏极似“柏拉图式的恋爱”。你在初尝恋爱的滋味时，本来也是寻常血肉做的女子却变成你的仙子。你所理想的女子的美点她都应有尽有。在这个时候，你眼中的她也不复是她自己原身而是经你理想化过的变形。你在理想中先酝酿成一个尽美尽善的女子，然后把她外射到你的爱人身上去，所以你的爱人其实不过是寄托精灵的躯骸。你只见到精灵，所以觉得无瑕可指；旁人冷眼旁观，只见到躯骸，所以往往诧异道：“他爱上她，真是有些奇怪。”一言以蔽之，恋爱中的对象是已经艺术化过的自然。

美的欣赏也是如此，它也是把自然加以艺术化。所谓艺术化就是人情化和理想化。不过美的欣赏和寻常恋爱有一个重要的异点。寻常恋爱都带有很强烈的占有欲，你既恋爱一个女子，就有意无意地存有“欲得之而甘心”的态度。美感的态度则丝毫不带占有欲。一朵花无论是生在邻家的园子里或是插在你自己的瓶子里，你只要能欣赏，它都是一样美。老子所说的“为而不有，功成而不居”，可以说是美感态度的定义。古董商和书画金石收藏家大半都抱有“奇货可居”的态度，很少有能真正欣赏艺术的。我在上文说过，美的欣赏极似“柏拉图式的恋爱”，所谓“柏拉图式的恋爱”对于所爱者也只是无所为而为的欣赏，不带占有欲。这种恋爱是否可能，颇有人置疑，但是历史上有多少著例，凡是到极浓度的初恋者也往往可以达到胸无纤尘的境界。

Chapter 2

第二辑：

唯有源头活水来

谈人生与我

朋友：

我写了许多信，还没有郑重其事地谈到人生问题，这是一则因为这个问题实在谈滥了，一则也因为我看这个问题并不如一般人看得那样重要。在这最后一封信里我所以提出这个滥题来讨论者，并不是要说出什么一番大道理，不过把我自己平时几种对于人生的态度随便拿来做一次谈料。

我有两种看待人生的方法。在第一种方法里，我把我自己摆在前台，和世界一切人和物在一块玩把戏；在第二种方法里，我把我自己摆在后台，袖手看旁人在那儿装腔作势。

站在前台时，我把我自己看得和旁人一样，不但和旁人一样，并且和鸟兽虫鱼诸物也都一样。人类比其他物类痛苦，就因为人类把自己看得比其他物类重要。人类中有一部分人比其余的人苦痛，就因为这一部分人把自己比其余的人看得重要。比方穿衣吃饭是多么简单的事，然而在这个世界里居然成为一个极重要的问题，就因为有一部分人要亏人自肥。再比方生死，这又是多么简单的事，无量数人和无量数物都已生过来死过去了。一个小虫让车轮压死了，或者一朵鲜花让狂风吹落了，在虫和花自己都决不值得计较或留恋，而在人类则生老病死以后偏要加上一个苦字。这无非是因为人们希望造物真宰待他们自己应该比草木虫鱼特别优厚。

因为如此着想，我把自己看作草木虫鱼的侪辈，草木虫鱼在和风甘露中是那样活着，在炎暑寒冬中也还是那样活着。像庄子所说的，它们“诱然皆生，而不知其所以生；同焉皆得，而不知其所以得”。它们时而戾天跃渊，欣欣向荣；时而含葩敛翅，晏然蛰处，都顺着自然所赋予的那一副本性。它们决不计较生活应该是如何，决不追究生活是为着什么，也决不埋怨上天待它们特薄，把它们供人类宰割凌虐。在它们说，生活自身就是方法，生活自身也就是目的。

从草木虫鱼的生活，我学得一个经验。我不在生活以外别求生活方法，不在生活以外别求生活目的。世间少我一个，多我一个，或者我时而幸运，时而受灾祸侵逼，我以为这都无伤天地之和。你如果问我，人们应该如何生活才好呢？我说，就顺着自然所给的本性生活着，像草木虫鱼一样。你如果问我，人们生活在这幻变无常的世相中究竟为着什么？我说，生活就是为着生活，别无其他目的。你如果向我埋怨天公说，人生是多么苦恼啊！我说，人们并非生在这个世界来享幸福的，所以那并不算奇怪。

这并不是一种颓废的人生观。你如果说我的话带有颓废的色彩，我请你在春天到百花齐放的园子里去，看看蝴蝶飞，听听鸟儿鸣，然后再回到十字街头，仔细瞧瞧人们的面孔，你看谁是活泼，谁是颓废？请你在冬天积雪凝寒的时候，看看雪压的松树，看看站在冰上的鸥和游在冰下的鱼，然后再回头看看遇苦便叫的那“万物之灵”，你以为谁比较能耐苦持恒呢？

我拿人比禽兽,有人也许目为异端邪说。其实我如果要援引“经典”，称道孔孟以辩护我的见解，也并不是难事。孔子所谓“知命”，孟子所谓“尽性”，庄子所谓“齐物”，宋儒所谓“扩然大公，物来顺应”，和希腊廊下派哲学，我都可以引申成一篇经义文，做我的护身符。然而我觉得这大可不必。我虽不把自己比旁人看得重要，我也不把自己看得比旁人分外低能，如果我的理由是理由，就不用仗先圣先贤的声威。

以上是我站在前台对于人生的态度。但是我平时很欢喜站在后台看人生。许多人把人生看作只有善恶分别的，所以他们的态度不是留恋，就是厌恶。我站在后台时把人和物也一律看待，我看西施、嫫母、秦桧、岳飞也和我看八哥、鹦鹉、甘草、黄连一样，我看匠人盖屋也和我看鸟鹊营巢、蚂蚁打洞一样，我看战争也和我看斗鸡一样，我看恋爱也和我看雄蜻蜓追雌蜻蜓一样。因此，是非善恶对我都无意义，我只觉得对着这些纷纭扰攘的人和物，好比看图画，好比看小说，件件都很有趣味。

这些有趣味的人和物之中自然也有一个分别。有些有趣味，是因为它们带有很浓厚的喜剧成分；有些有趣味，是因为它们带有很深刻的悲剧成分。

我有时看到人生的喜剧。前天遇见一个小外交官，他的上下巴都光光如也，和人说话时却常常用大拇指和食指在腮旁捻一捻，像有胡须似的。他们说道是官气，我看到这种举动比看诙谐画还更有趣味。许多年前一位同事常常很气愤地向人说:“如果我是一个女子，我至少已接得一尺厚的求婚书了！”偏偏他不是女子，这已经是喜剧；何况他又麻又丑，纵然他幸而为女子，也决不会有求婚书的麻烦，而他却以此沾沾自喜，这总算得喜剧之喜剧了。这件事和英国文学家高尔司密的一段逸事一样有趣。他有一次陪几个女子在荷兰某一个桥上散步，看见桥上行人个个都注意他同行的女子，而没有一个睬他自己，便板起面孔很气愤地说："哼，在别地方也有人这样看我咧！"如此等类的事，我天天都见得着。在闲静寂寞的时候，我把这一类的小小事件从记忆中召回来，寻思玩味，觉得比抽烟饮茶还更有味。老实说，假如这个世界中没有曹雪芹所描写的刘姥姥，没有吴敬梓所描写的严贡生，没有莫里哀所描写的达杜夫和夏白贡，生命更不值得留恋了。我感谢刘姥姥、严贡生一流人物，更甚于我感谢钱塘的潮和匡庐的瀑。

其次，人生的悲剧尤其能使我惊心动魄；许多人因为人生多悲剧而悲观厌世，我却以为人生有价值正因其有悲剧。我在几年前做的《无言之美》里曾说明这个道理，现在引一段来：

> 我们所居的世界是最完美的，就因为它是最不完美的。这话表面看去，不通已极，但是实含有至理。假如世界是完美的，人类所过的生活比好一点，是神仙的生活，比坏一点，就是猪的生活——便必呆板单调已极，因为倘若件件事都尽美尽善了，自然没有希望发生，更没有努力奋斗的必要。人生最可乐的就是活动所生的感觉，就是奋斗成功而得的快慰。世界既完美，我们如何能尝创造成功的快慰？这个世界之所以美满，就在有缺陷，就在有希望的机会，有想象的田地。换句话说，世界有缺陷，可能性才大。

这个道理李石岑先生在《一般》三卷三号所发表的《缺陷论》里也说得很透辟。悲剧也就是人生一种缺陷。它好比洪涛巨浪，令人在平凡中见出庄严，在黑暗中见出光彩。假如荆轲真正刺中秦始皇，林黛玉真正嫁了贾宝玉，也不过闹个平凡收场，哪得叫千载以后的人唏嘘赞叹？以李太白那样天才，偏要和江淹戏弄笔墨，做了一篇《拟恨赋》，和《上韩荆州书》一样庸俗无味。毛声山评《琵琶记》，说他有意要做"补天石"传奇十种，把古今几件悲剧都改个快活收场，他没有实行，总算是一件幸事。人生本来要有悲剧才能算人生，你偏想把它一笔勾销，不说你勾销不去，就是勾销去了，人生反更索然寡趣。所以我无论站在前台或站在后台时，对于失败，对于罪孽，对于殃咎，都是用一副冷眼看待，都是用一个热心惊赞。

朋友，我感谢你费去宝贵的时光读我的这十二封信，如果你不厌倦，将来我也许常常和你通信闲谈，现在让我暂时告别罢！

写过十二封信给你的朋友，光潜。

谈十字街头

朋友：

岁暮天寒，得暇便围炉嘘烟遐想。今日偶然想到日本厨川白村的《出了象牙之塔》和《走向十字街头》两部书，觉得命名大可玩味。玩味之余，不觉发生一种反感。

所谓《走向十字街头》有两种解释。从前学士大夫好以清高名贵相尚，所以力求与世绝缘，冥心孤往。但是闭户读书的成就总难免空疏虚伪。近代哲学与文艺都逐渐趋向唯实，于是大家都极力提倡与现实生活接触。世传苏格拉底把哲学从天上搬到地下，这是“走向十字街头”的一种意义。

学术思想是天下公物，须得流布人间，以求雅俗共赏。威廉·莫理司和托尔斯泰所主张的艺术民众化，叔琴先生在《一般》诞生号中所主张的特殊的一般化，爱迪生所谓把哲学从课室图书馆搬到茶寮客座，这是“走向十字街头”的另一意义。

这两种意义都含有极大的真理。可是在这“德谟克拉西”呼声极高的时代，人家总不免忘记关于十字街头的另一面真理。

十字街头的空气中究竟含有许多腐败剂，学术思想出了象牙之塔到了十字街头以后，一般化的结果常不免流为俗化（vulgarized）。昨日的殉道者，今日或成为市场偶像，而真纯面目便不免因之污损了。到市场而不成为偶像，成偶像而不至于破落，都是很难的事。老学经过流俗化以后，其结果乃为白云观以静坐骗铜子的道士。易学经过流俗化以后，其结果乃为街头摆摊卖卜的江湖客。佛学经过流俗化以后，其结果乃为祈财求子的三姑六婆和秃头肥脑的蠢和尚。这都是世人所共见周知的。不必远说，且看西方科学、哲学和文学落到时下一般打学者冒牌的人手里，弄得成何体统！

寂居文艺之宫，固然会像不流通的清水，终久要变成污浊恶臭的。可是十字街头的叫嚣，十字街头的尘粪，十字街头的挤眉弄眼，都处处引诱你汩没自我。臣门如市，臣心就决不能如水。名利、声势、虚伪、刻薄、肤浅、欺侮等字样，听起来多么刺耳朵，实际上谁能摆脱得净尽？所以站在十字街头的人们——尤其是你我们青年——要时时戒备十字街头的危险，要时时回首瞻顾象牙之塔。

十字街头上握有最大威权的是习俗。习俗有两种，一为传说（Tradition），一为时尚（Fashion）。儒家的礼教，五芳斋的馄饨，是传说；新文化运动，四马路的新装，是时尚。传说尊旧，时尚趋新，新旧虽不同，而盲从附和，不假思索，则根本无二致。社会是专制的，是压迫的，是不容自我伸张的。比方九十九个人守贞节，你一个人偏要不贞，你固然是伤风败俗，大逆不道；可是如果九十九个人都是娼妓，你一个人偏要守贞节，你也会成为社会公敌，被人唾弃的。因此，苏格拉底所以饮鸩，格里利阿所以被教会加罪，罗曼罗兰、克罗齐、罗素所以在欧战期中被人谩骂。

本来风化习俗这件东西，孽虽造得不少，而为维持社会安宁计，却亦不能尽废。人与人相接触，问题就会发生。如果世界只有我，法律固为虚文，而道德也便无意义。人类须有法律道德维持，固足证其顽劣；然而人类既顽劣，道德法律也就不能勾销。所以老庄上德不德、绝圣弃知的主张，理想虽高，而究不适于顽劣的人类社会。

习俗对于维持社会安宁，自有相当价值，我们是不能否认的。可是以维持安宁为社会唯一目的，则未免大错特错。习俗是守旧的，而社会则须时时翻新，才能增长滋大，所以习俗有时时打破的必要。人是一种贱动物，只好模仿因袭，不乐改革创造。所以维持固有的风化，用不着你费力。你让它去，世间自有一般庸人懒人去担心。可是要打破一种习俗，却不是一件易事。物理学上仿佛有一条定律说，凡物既静，不加力不动。而所加的力必比静物的惰力大，才能使它动。打破习俗，你须以一二人之力，抵抗千万人之惰力，所以非有雷霆万钧的力量不可。因此，习俗的背叛者比习俗的顺从者较为难能可贵，从历史看社会进化，都是靠着几个站在十字街头而能向十字街头宣战的人。这般人的报酬往往不是十字架，就是断头台。可是世间只有他们才是不朽，倘若世界没有他们这些殉道者，人类早已为乌烟瘴气闷死了。

一种社会所最可怕的不是民众浮浅顽劣，因为民众通常都是浮浅顽劣的；它所最可怕的是没有在浮浅卑劣的环境中而能不浮浅不卑劣的人。比方英国民众就是很沉滞顽劣的，然而在这种沉滞顽劣的社会中，偶尔跳出一二个性坚强的人，如雪莱、卡莱尔、罗素等，其特立独行的胆与识，却非其他民族所可多得。这是英国人力量所在的地方。路易·笛锲生尝批评日本，说她是一个没有柏拉图和亚理斯多德的希腊，所以不能造伟大的境界。据生物学家说，物竞天择的结果不能产生新种，要产生新种须经突变（Sports）。所谓突变，是指不像同种的新裔。社会也是如此，它能否生长滋大，就看它有无突变式的分子；换句话说，就看十字街头的矮人群中有没有几个大汉。

说到这点，我不能不替我们中国人汗颜了。处人胯下的印度还有一位泰戈尔和一位甘地，而中国满街只是一些打冒牌的学者和打冒牌的社会运动家。强者皇然叫嚣，弱者随声附和；旧者盲从传说，新者盲从时尚。相习成风，每况愈下，而社会之浮浅顽劣虚伪酷毒，乃日不可收拾。在这个当儿，站在十字街头的我们青年怎能免彷徨失措？朋友，昔人临歧而哭，假如你看清你面前的险径，你会心寒胆裂哟！围着你的全是浮浅顽劣虚伪酷毒，你只有两种应付方法：你只有和它冲突，要不然，就和它妥洽。在现时这种状况之下，冲突就是烦恼，妥洽就是堕落。无论走哪一条路，结果都是悲剧。

但是，朋友，你我正不必因此颓丧！假如我们的力量够，冲突结果，也许是战胜。让我们相信世界达真理之路只有自由思想，让我们时时记着十字街头浮浅虚伪的传说和时尚都是真理路上的障碍，让我们本着少年的勇气把一切市场偶像打得粉碎！

最后，打破偶像，也并非鲁莽叫嚣所可了事。鲁莽叫嚣还是十字街头的特色，是浮浅卑劣的表征。我们要能于叫嚣扰攘中：以冷静态度，灼见世弊；以深沉思考，规划方略；以坚强意志，征服障碍。总而言之，我们要自由伸张自我，不要汩没在十字街头的影响里去。

朋友，让我们一齐努力罢！

你的同志，光潜。

人生快乐倘若想完备，一定要保存一点孩子气。孩儿气的好处就在使人偶尔把现实的重载卸在旁边，让心灵偷点空儿休息，好预备再出力。

///

自尊心在一切谄媚者之中是最大的一个。

///

恋爱的正常归宿是婚姻，婚姻的正常归宿是生儿养女，成立家庭。

只有死功夫固然不尽能发明或创造，但是能发明创造者却大半是下过死功夫来的。

///

生命的执着属于佛家所谓“我执”，人生一切灾祸罪孽都由此起。

///

自然本来混整无别，许多分别都是从人的观点看出来的。

世间有两种人的生活最不艺术，一种是俗人，一种是伪君子。

谈理想与事实

我常想，老年人难得的美德是尊重理想，青年人难得的美德是尊重事实。

朋友：

前几天有一位师范大学朱君来访，闲谈中他向我提出一个很严重的问题："现代社会恶浊，青年人所见到的事实和他自己所抱的理想常相冲突，比如毕业后做事就是一个大难关。如果要依照理想，廉洁白矢，守正不阿，则各机关大半是坏人把持住，你就根本不能插足进去，改造社会自然是谈不到。如果不择手段，依照中国人谋事的习惯法，奔走逢迎，献媚权贵，则你还没有改造社会，就已被社会腐化。我自己也很想将来替社会做一点事，但是又不愿同流合污，想到这一层，心里就万分烦恼。先生以为我们青年人处在这种两难的地位，究竟应该持什么一种态度呢？"

朱君所提出的只是理想与事实的冲突的一端。其实现在中国社会各方面，从家庭、婚姻、教育、内政、外交，以至于整个的社会组织，都处处使人感到事实与理想的冲突。每一个稍有良心的人从少到老都不免在这种冲突中挣扎奋斗，尤其是青年有志之士对于这种冲突特别感到苦恼。大半每个人在年轻时代都是理想主义者，欢喜闭着眼睛，在想象中造成一座堂华美丽的空中楼阁。后来入世渐深，理想到处碰事实的钉子，便不免逐渐牺牲理想而迁就事实。一到老年，事实就变成万能，理想就全置之度外。聪敏者唯唯否否，圆滑不露棱角;奸猾者则钻营竞逐，窃禄取宠，行为肮脏而话却说得堂皇漂亮。我们略放眼一看，就可以见出许多“优秀分子”的生命都形成这么一种三部曲的悲剧。

我常想，老年人难得的美德是尊重理想，青年人难得的美德是尊重事实。老年人我们姑且不去管他们，死在等待他们，他们纵然是改进社会的一个大累，不久也就要完事了。“既往不咎，来者可追。”我们这个时代的中国青年所负的责任特别繁重，中国事有救与无救，就全要看这一代人的成功与失败。一发千钧，稍纵即逝。这个时代的中国青年应该认清他们的责任，认清目前的特殊事实，以冷静而沉着的态度去解决事实所给的困难。最误事的是不顾事实而空谈理想。

我还记得那一次我回答朱君的话。我说：什么叫作“理想”？它不外有两种意义：一种是“可望而不可攀，可幻想而不可实现的完美”。比如说,在许多宗教中,理解的幸福是长生不老;它成为理想，就因为实际上没有人能长生不老。另一种是“一个问题的最完美的答案”或是“可能范围以内的最圆满的办法”。比如说，长生不老虽非人力所能达到，强健却是人力所能达到的。就人所能谋的幸福说，强健是一个合理的理想。这两种理想的分别在一个蔑视事实条件，一个顾到事实条件；一个渺茫空洞，一个有方法步骤可循。第一种理想是心理学家所谓想象中的欲望的满足，在宗教与文艺中自有它的重要，可是绝不能适用于实际人生。在实际人生中，理想都应该是解决事实困难的最合理的答案。一个理想如果不能解决事实困难，永远与事实困难相冲突，那就可以证明那个理想本身有毛病，或者可以说，它简直不成其为理想。现代青年每遇心里怀着一个"理想"时，应该自己反省一遍，看它是属于我们所说的两种理想中的哪一种。如果它属于前一种，而他要实现它，那么，他就是迂诞、狂妄、浮躁、糊涂，没有别的话。如果它属于后一种，他就应该有决心毅力，有方法程次，按部就班地去使它实现。他就不应该因为理想与事实冲突而生苦恼或怨天尤人。

比如就青年说，有两个问题最切要：第一是怎样去学一点切实的学问？第二是学成之后，怎样找机会去做事？一般青年对于求学问题所感到的困难不外两种。一种是经济困难。在现在经济破产状况之下，十个人就有九个人觉到由小学而中学，由中学而大学这一笔费用不易筹措。天灾人祸，常出意外，多数青年学生都时时有被逼辍学的可能。另一种是学力问题。学校少而应试者多。比如几个稍好的大学每年都有四五千人应试，而录取额最多只有四五百名。十人之中就有九人势须向隅。这两种事实都是与青年学生理想相冲突的。一般青年似乎都以为读书必进大学，甚至于必进某某大学；如果因为经济或学力的欠缺，不能如自己所愿望，便以为学问之途对于自己是断绝了。我以为读书而悬进大学或出洋为最高标准，根本还是深中科举资格观念的余毒。做学问的机会甚多，如果一个人真是一个做学问的材料，他终究总可以打出一条路来。如果不是这种材料，天下事可做的甚多，又何必贪读书的虚荣？就是读书，一个人也只能在自己的特殊经济情形和资禀学力范围之内，选择最适宜的路径。种田、做匠人、当兵、做买卖，以至于更卑微的职业也都要有人去干；干哪一行职业，也都可以得到若干经验学问。哲学家斯宾诺莎不肯当大学教授而宁愿操磨镜的微业以谋生活。这种精神是最值得佩服的。现在中国青年大半仍鄙视普通职业，都希望进大学、出洋、当学者、做官，过舒适的生活。这种风气显然仍是旧日科举时代所流传下来的。学者和官僚愈多，物质消耗愈大。权利竞争愈烈，平民受剥削愈盛，社会也就愈不安宁。我们试平心而论，这是不是目前中国的实在情形？

如果一般青年能了解这番道理，对于择校选科，只求在自己的特殊情形之下，如何学得一副当有用的公民的本领，不一定要勉强预备做学者或官僚，我相信上文所说的第二个问题——做事问题——就不至于像现时那么严重。在中国现在百废待举，一个中学生或大学生何至没有事可做？一个不识字的人还可以种田做买卖，难道一个受教育的人反不如乡下愚夫愚妇？事是很多的，只是受过教育的人不屑于做小事。事没有人做，结果才闹成人没有事做。

我劝青年们多去俯就有益社会的小事，并非劝他们一定不要插足于政治教育以及其他较被优待的职业。这些事也要有人去做，而且应该有纯洁而能干的人去做，现在各种优遇位置大半被一般有势力而无能力的人们把持，新进者不易插足进去。这确是事实，但不是不可变动的事实。恶势力之所以成为势力，大半是靠团结。要打破一种恶势力，一个人孤掌难鸣，也一定要有团结才行。中国青年的毛病在洁身自好者不能团结，能团结者又不免同流合污，所以结果龌龊者胜而纯洁者败。谈到究竟，恶势力在一个社会里能够存在，还要归咎于纯洁分子的惰性太深，抵抗力太小。要挽救目前中国社会种种积弊，有志的纯洁青年们应该团结起来，努力和恶势力奋斗。

比如说一乡一县的事业被土豪劣绅把持，当地的优秀青年如果真正能团结奋斗,决不难把事权夺过来。推之一省一国,也是如此。结党、造势力、争权位都不是坏事;坏事是结党而营私，争权位而分赃失职。只要势力造成权位争得以后，自己能光明正大地为社会谋福利，终究总可以博得社会的同情，打倒坏人所造成的恶势力。社会的同情总是站在善人方面。“人之好善，谁不如我？”现在许多人都见到社会上种种积弊和补救的方法，只是每个人都觉得自己力量孤单，见到而做不到。其实这里问题很简单，大家团结起来就行了。在任何社会,有一分能力总可以做一分事,做不出事来,那是自己没有能力,用不着怨天尤人。

理想不应与事实冲突，不但在求学谋事两方面是如此，其他一切也莫不然。比如说政治，现在一般青年都仿佛以为一经“革命”，地狱就可以立刻变成天国。被“革命”的是什么？革命后拿什么来代替？怎样去革命？第一步怎样做？第二步怎样做？遇到难关又怎样去克服？这些问题他们似乎都不曾仔细想过，只是天天在摇旗呐喊。我们天天都听到“革命”的新口号,却没有看见一件真正“革了命”的事迹。关于这一点，目前知识界的“领袖”们似乎说不清他们的罪过，他们教一般青年误认喊革命口号为做革命工作，误认革命为一件无须学识与技能的事业。“革命”两个字在青年心中已变成一种最空洞不过的“理想”，像道家所说的“太极”，有神秘的面貌而无内容，它和事实毫不接头，自然更谈不到冲突。

政治理想是随时代环境变迁的。我们不要古人为我们打算盘，也大可不必去替后人打算盘。每一个国家的最好的政治理想应该是当时当境的最圆满的应付事实的方法。目前中国所有的是什么样的事实？民穷国敝，外患纷乘，稍不振作，即归毁灭。这种事实应该使每个有头脑的中国人觉悟到：在今日谈中国政治，“图存”是第一要义。中国是一个“久病之夫”，一切摧残元气的举动，一切聊快一时的毁坏，都与“图存”这个基本要义不相容。“社会革命”“打倒帝国主义”“永久平等”“大同平等”，种种方剂都要牵涉全世界的制度组织。在加入这个全世界的大战线以前，中国人首先须要把自己训练到能荷枪执戟，才可以有资格。

这番话对于现代青年是很苦辣不适口的。我只能向他们说：高调谁也会唱，但是我的良心不容许我唱高调，因为我亲眼看见，调愈唱得高，事愈做得坏，小百姓受苦愈大，而青年也愈感徬徨怅惘。

（原题为《谈理想与事实——给〈申报周刊〉的青年读者（五）》，载《申报周刊》第1卷第44期，1936年11月）

学业·职业·事业

每个有志气的人，在他的生平都不免为三件事操心。在学校时代，他关心学业；离开学校，他关心职业；有了职业，他关心事业。这自然只是一种粗略的分期，也有许多人始终就专在学业、职业或事业上打计算。总之，这三个名词的意义对于一般人大半不成为问题，不过从逻辑的眼光来分析，我们不能说它是三件互不相同的事。它们的关系还须待确定。

先说“业”。《说文》所定的这个字的原始意义是钟架上一块木板，与我们所谈的没有多大关系。就“业”字所常用在的语句看（如“进德修业”“业精于勤”“以农为业”“成大业”“创业守成”等等），我们可以看出两点：第一是学业、职业和事业都可以叫作业，第二是这个“业”字含有相当指流行语“工作”一词的意义。佛典常用“业”字，和“行”字同义，凡人为造作通可叫作“业”，例如思想、言语、行为，都可是一种“业”，“业”简直就相当于流行语的“活动”。我们可以说，“业”是人运用他的力量做一种工作或活动，所进行的工作或活动叫作“业”，工作或活动所成就的结果也可以叫作“业”。

依这种解释看，学业就是学问的工作或活动，职业就是职分所在的工作或活动。工作或活动就是“事”，所以“事业”是只有一个意义的复词，学问是一种事业，职业也还是一种事业。如果事业还另有特殊意义，那就只能指工作或活动的成就。依这种意义说，在职业上可以成就事业，在学问上也还可以成就事业。总上两义，学业与事业，职业与事业，在逻辑上都不应分开；我们至多只能说“事业”比“学业”或“职业”含义较广泛，不过这也还有问题。

问题在学业与职业是否绝对为两回事。一般人说“职业”，似带有一种误解，以为职业是衣食工具，“谋职业”就等于“谋生活”，也就等于“谋衣食”，这里“职业”和“生活”两个词的意义都同样窄狭化得很离奇可笑。在这种用字的习惯上，我们可以见出一般人的生活理想的低落。顾名思义，“职业”显然是职分以内的事业。所谓“职分”是起于社会的分工合作的需要。社会上有许多事要做，一个人不能同时做许多事，于是这个人种田，那一个人经商，另一个人做工匠，如此分工，每个人有一个“职分”，都能各尽“职分”帮助社会大机器的轮子旋转，以一分工作的效益，换取同群许多分工作的效益，“吾尽所能，各取所需”，于是人与社会两得其便。每个人有一个“职分”，对于那“职分”就负有责任，须把那“职分”以内的事做好。对于“职分”不尽责就是不称职。职与责是不能分开的。

回到原来的问题，学业与职业是否绝对为两回事呢？从两个观点看，它们也不应分开。

第一，从狭义的学业说，学业是某一种专门学术的研究。专门的学术研究需要长久的集中的力量。一个人既研究一种专门学术，他就没有时间精力去干别的事。社会需要学术的进展，就需有一部分人以研究学术为“职业”。做学问是学者的职分以内的事，正如种田是农人的职分以内的事，他们的成就都于社会有益，他们都负有责任在自家职分以内求有成就。照这样看，学业还是可以当作一种职业。

其次，就广义的学业说，学业是每一种职业必有的准备。一切工作（尤其是在近代社会分工很严密的工作）都需要学习，每一行都有一套专门学问，所以你如果想把某一种职分以内的事做好，你就必须先把它学好。不但如此，工作本身也就是学习。有些人以为在学校里学得一种学问，学业便可告结束，以后入社会就职业，只须拿这一套法宝作无尽期的应用。这不但是误解学业，也是误解职业。最亲切最实在的学问大半不是从书本得来，而是从实地亲身经验得来的。古人所谓“到处留心皆学问”，就是有见于此。同时，到处留心学问的人可以说“学”与“事”相得益彰，不至犯不学无术的毛病，在职业上才能成就真正的事业。一辈子拘守一部讲义的人绝不是一个好教员，一辈子拘守一部步兵操典的人绝不是一个好战士，余可类推。所以要想把一种职业做好，必须把职业当作学业看。

依以上的分析，学业、职业和事业应该是三位一体。学业或职业如果不能成为事业，那就空洞无成就。学业和职业如果不能打成一片，学业就只是私人的嗜好，不能成为社会中的一种职分，对社会没有效益；职业也就降为与学问脱节的盲目的衣食营求，干燥无味。

职业与学业一贯，然后所学即所用，所用即所学，人得其事，事得其人，不过这只是理想，事实上一个人的职业往往和他的学业不很相关。这是由于有些学业不能为谋生之具，一个人一方面要忠于一种没有经济价值的学问，一方面又要维持生计，于是不得不就一种与自家专门学问无关的职业。最显著的事例是大哲学家斯宾诺莎，他为着要保持学术思想的自由，拒绝当大学教授，宁愿操磨镜片的职业，借以营生。英国文学家兰姆写得那样一笔奇特而隽永的散文，而他的终身职业只是一个公司的书记。波兰小说家康拉德在商船上当过多年的水手。英国诗人蒙罗在伦敦一条小街上经营一个小书店。这种实例在西方很多。这种办法颇有它的长处。不靠所研究的学业来谋生，可以保持学业的独立自由；同时，在本行以外就一种职业，也可以扩大眼界，增加生活经验。在目前中国，一般人囿于浅狭的功利主义，都争去学可以赚钱的学问，而文哲数理一类虽是冷门而却极重要的学问很少有人问津，这对于文化学术的全局是一个危险的现象。有志于纯粹学术的人们最好拿斯宾诺莎、兰姆诸人做榜样，一方面埋头做自己的学问，一方面操一种副业，使生计有着落。这种办法的存在，当然显示社会组织有毛病，但在社会组织未完善以前我们只有这个办法可采用。将来社会合理化时，我们希望每一项学术工作者都不感受到生活的压迫，每一种学业同时就是一种职业。

在另外一种情形之下，学业与职业也不完全相称，这就是通才就专职。政府行政工作本来也还是一种职业，可是一直到现在，各国还很少在学校里设专门学科去训练议员部长以及其他公务员。在从前中国，政府大小职位，上自宰相，下至县丞，大半依科举履历任命，由科举进身者所读的书大半不外经史诗文，而做的职务却可以彼此相差很远。一榜及第的人有典钱谷的，有主试的，有带兵的，有典刑狱的，有掌漕运的。职务和学问似没有显著的关系。这种情形在目前似还没有经过很大的变更，在英国情形也很类似。一个人在牛津或剑桥毕业了，就可以参加文官考试，及格了，无论所学的是什么，可以被派到任何官厅去服务。如果他想做大一点的官，他可以运动入国会，只要有本领，就不愁没有阁员当。所谓本领也并非专门学术。比如现在首相丘吉尔，做过好久的海军大臣，却没有学过海军，他本来是文人，当过新闻记者。专才学一行才能做一行，通才无须学那一行才能做那一行。医工农商等需要专才，而社会领导工作则需要通才。近代教育似正在徘徊于两种理想之间，一是“职业教育”的理想，一是“自由教育”的理想，学业须包含品格、学识各方面的普遍修养，不能窄狭化到学徒训练。依我个人想，自由教育对于社会领导工作实在比职业教育重要，不过这两种理想也并非绝对不能相容，专门的技术训练和普通的品格学识修养最好是并行不悖。

择学择业对于一个人是一个极重的问题。首先要考虑的是个人的资禀与兴趣。我曾观察过许多人所学的和所做的全与他们性不相近。有些学文艺的人对于人生世相看不出丝毫情趣，遇事称斤称两，谈吐干燥无味，他们理应学商业或是法律。有些工程师根本没有科学的头脑，却欢喜做点旧诗，结交大人阔佬，他们理应干政治。如此等类，不胜枚举，性不相近，纵然是努力，也往往劳而无补，对于个人和社会都是精力的浪费。在美国，“职业测验”已成为一种专门学问。一个人对于择学择业如有疑难可以找一个专家用测验来解决。这种测验容或很幼稚肤浅，但是它的原则是不错的。我们希望测验的方法日趋精密，将来一个人在学一门学问或是就一种职业之先，都仔细经过一番测验，免得走错门路。

一个人的性之所近，大半自己明白。有些人明明知道自己的长短而却不根据它来决定志向，这大半误于名利观念。现在学生们都欢喜学工程或经济，以为出路好，容易赚钱。存这种心理的人根本不配谈学问，也根本不能做好一行职业，因为他们的兴趣不存学业或职业自身的成就，而在它对于个人所能产生的实利。得鱼忘筌，钱赚到手了，学业和事业有无成就却不必管。这种人的毛病都在短见。“行行出状元”，世间宁有哪一种学问不能学好，或是哪一种职业不能做好？宁有其正在学业和事业上有成就的人会穷得要饿死？如果以为某一行比较走时，或比较容易成功，不费多少气力就可以有成就，这也是妄想。世间没有一件有价值的事可以不费力就能学好做好。我们必须谨记着“不问收获，只问耕耘”这句至理名言。下一分功夫，自然有一分成就。世间纵然也偶有不劳而获的事，那是苟且侥幸，除着寄生虫，都不应存苟且侥幸的心理。

此外，我们中国人对于职业向来有一个更错误的观念，以为世间职业有些是天生的高贵，有些是天生的下贱。所以大家都希望做官而不希望做农工兵警。其实职业起于社会的分工合作的需要。社会需要一种职业，那一种职业就对于社会有效益。一个人有无荣誉，不能看他任的什么职业，应该看他在他的职位是否尽责。一个误国的总统或部长实在抵不上一个勤恳尽职的清道夫。我们通常对于“不才而在高位”者的阔绰排场备致欣羡，对于老老实实替社会造福的农人工人反存鄙视。这是一种可耻的价值意识的颠倒。

无论在学业或职业中想成就事业，都需要两种基本德行。第一是“公”。“公”就是公道公理。一个问题的看法，一个事件的处理，都须依据一个客观的普遍的道理，对自己说得过去，对他人也说得过去，无论谁来看，都会觉得这是最合理的解决，学问也好，事业也好，都要尊重这种公道公理，才不至发生弊端。公的反面是私。世间许多人许多事都败于私心自用。做学问存私心，便为偏见所蒙蔽，寻不着真理；做事存私心，便不免假公济私，贪污苟且，败坏自己的人格，也败坏社会的利益。其次是“忠”。“忠”是死心塌地的爱护自己的职守，不肯放弃它或疏忽它。把学问当作敲门砖，把职业当作营私的门径，就是不忠于所学所职，为着势利的引诱放弃自己的学业或职业去做别的勾当，其行为也正等于汉奸卖国，都是不忠。忠才能有牺牲的精神，不计私人利害，固守职分所在的岗位，坚持到底，终底于成。忠是基本德行，有了它也就有了两种附带的德行，勤与勇。勤是精进不懈，时时刻刻努力前进，务求把事做好；勇是无畏不屈，遇到任何困难，都必须拼命把它克服。懒怠与怯懦是治学与治事的大忌；它们的病源在缺乏忠诚与忠诚所附带的热情。

每个人都是自己的命运的主宰，每个人的江山都依仗自己的奋斗才打得来。这个世界是冷酷无情的，一个人如果想以寄生虫的心习，去侥幸获取只有勤奋的蜂蚁所能获到的花蜜，他终久必归自然淘汰。万一他成功侥幸一时，社会所受的祸害也就很大，一条寄生虫有时可以危害到一个人的性命，凡是关心学业、职业和事业的人，须记起这一番简单的道理。

（载《中央周刊》5 卷 49 期，1943 年 7 月）

再谈青年与恋爱结婚

——答王毅君

编辑先生：

承转示王毅君一文，已细读。我很感谢王毅君站在青年人的立场对于我的《谈青年与恋爱结婚》一文表示异议。我的是一个看法，他不否认；他的是一个看法，我也不否认。我无暇详辩，只提出两点作答：

一、王毅君似没有把原文看清楚，有断章取义之嫌。我没有权，更没有理由要“压制”青年人的爱情，我一再申明我“不反对男女青年的正常交接”，“在男女社交公开中，遇恋爱自然很可能”，我只说青年人有不适宜于性爱的理由，但我也承认现代青年所受的性生活影响不很健康，想他们不在性爱上劳心焦思是很难能。我提出两种自然的方法引导青年撇开恋爱和结婚的路，一是精力有所发挥，二是同情心得到滋养。这两层做到了，他们虽有“遇”恋爱的可能，却无“谋”恋爱的必要。我赞成“遇”，不赞成“谋”，也不赞成“压制”。

二、我也很知道，劝青年人不恋爱，有些不合时宜，不免引起他们“苦痛的迷惘”，甚至“顽皮的抗议”。但是我终于说出这一番不中听的话，也有一片苦口婆心。我觉得恋爱结婚是生物的事实，也是社会的事实，就要用生物学社会学和连带的心理学的观点去看，不应带有浪漫或神秘的意味，而现代中国青年的恋爱观仍不免是浪漫的、神秘的；他们醉梦于十九世纪歌颂恋爱的一套理论中，而不知其已不适宜于现代生活。现代西方青年已比较地能够不从诗的幻梦而从科学的冷眼去看恋爱了。我相信这是必有的演变。中国青年迟早自然也会醒觉。醒觉到什么呢？结婚是为传种，恋爱是结婚的准备；最适宜的恋爱期是最适宜的结婚期，最适宜的结婚期是身心发育完全而能力足以教养子女的时期。恋爱结婚是一种义务而不是一种可作为娱乐的把戏。中国古时男子三十而娶，近代西方人大致也是如此，也正因为这是身心发育完全而能力足以教养子女的年龄，所以我以为三十岁左右讲恋爱，准备结婚，比较适当。

王毅君主张青年人应当恋爱的理由是“爱上一位小姐，所以在功课上特别想出风头，生活也紧张，衣冠也整齐了，行事也不随便了”。这也许是事实，但是我因而联想到原始社会的人敬神和敬神的影响，甚至于敬神的心理动机也很相似。王毅君的恋爱观应该过去，犹如神道设教的社会应该过去是同一个道理。世间没有神，没有神仙似的人，我们应该仍然有理由，而且有方法，去做好人。

（载《中央周刊》5卷28期，1943年2月）

“慢慢走，欣赏啊！”
——人生的艺术化

一直到现在，我们都是讨论艺术的创造与欣赏。在收尾这一节中，我提议约略说明艺术和人生的关系。

我在开章明义时就着重美感态度和实用态度的分别，以及艺术和实际人生之中所应有的距离，如果话说到这里为止，你也许误解我把艺术和人生看成漠不相关的两件事。我的意思并不如此。

人生是多方面而却互相和谐的整体，把它分析开来看，我们说某部分是实用的活动，某部分是科学的活动，某部分是美感的活动，为正名析理起见，原应有此分别；但是我们不要忘记，完满的人生见于这三种活动的平均发展，它们虽是可分别的而却不是互相冲突的。“实际人生”比整个人生的意义较为窄狭。一般人的错误在把它们认为相等，以为艺术对于“实际人生”既是隔着一层，它在整个人生中也就没有什么价值。有些人为维护艺术的地位，又想把它硬纳到“实际人生”的小范围里去。这班人不但是误解艺术，而且也没有认识人生。我们把实际生活看作整个人生之中的一片段，所以在肯定艺术与实际人生的距离时，并非肯定艺术与整个人生的隔阂。

严格地说，离开人生便无所谓艺术，因为艺术是情趣的表现，而情趣的根源就在人生；反之，离开艺术也便无所谓人生，因为凡是创造和欣赏都是艺术的活动，无创造、无欣赏的人生是一个自相矛盾的名词。

人生本来就是一种较广义的艺术。每个人的生命史就是他自己的作品。这种作品可以是艺术的，也可以不是艺术的，正犹如同是一种顽石，这个人能把它雕成一座伟大的雕像，而另一个人却不能使它"成器"，分别全在性分与修养。知道生活的人就是艺术家，他的生活就是艺术作品。

过一世生活好比做一篇文章。完美的生活都有上品文章所应有的美点。

第一，一篇好文章一定是一个完整的有机体，其中全体与部分都息息相关，不能稍有移动或增减。一字一句之中都可以见出全篇精神的贯注。比如陶渊明的《饮酒》诗本来是"采菊东篱下，悠然见南山"，后人把"见"字误印为"望"字，原文的自然与物相遇相得的神情便完全丧失。这种艺术的完整性在生活中叫作"人格"。凡是完美的生活都是人格的表现。大而进退取与，小而声音笑貌，都没有一件和全人格相冲突。不肯为五斗米折腰向乡里小儿，是陶渊明的生命史中所应有的一段文章，如果他错过这一个小节，便失其为陶渊明。下狱不肯脱逃，临刑时还叮咛嘱咐还邻人一只鸡的债，是苏格拉底的生命史中所应有的一段文章，否则他便失其为苏格拉底。这种生命史才可以使人把它当作一幅图画去惊赞，它就是一种艺术的杰作。

第二，"修辞立其诚"是文章的要诀，一首诗或是一篇美文一定是至性深情的流露，存于中然后形于外，不容有丝毫假借。情趣本来是物我交感共鸣的结果。景物变动不居，情趣亦自生生不息。我有我的个性，物也有物的个性，这种个性又随时地变迁而生长发展。每人在某一时会所见到的景物，和每种景物在某一时会所引起的情趣，都有它的特殊性，断不容与另一人在另一时会所见到的景物，和另一景物在另一时会所引起的情趣，完全相同。毫厘之差，微妙所在。在这种生生不息的情趣中，我们可以见出生命的创化。把这种生命流露于语言文字，就是好文章；把它流露于言行风采，就是美满的生命史。

文章忌俗滥，生活也忌俗滥。俗滥就是自己没有本色而蹈袭别人的成规旧矩。西施患心病，常捧心颦眉，这是自然的流露，所以愈增其美。东施没有心病，强学捧心颦眉的姿态，只能引人嫌恶。在西施是创作，在东施便是滥调。滥调起于生命的枯竭，也就是虚伪的表现。“虚伪的表现”就是“丑”,克罗齐已经说过。“风行水上，自然成纹”，文章的妙处如此，生活的妙处也是如此。在什么地位，是什样的人，感到什样情趣，便现出什样言行风采，叫人一见就觉其谐和完整，这才是艺术的生活。

俗语说得好，“惟大英雄能本色”，所谓艺术的生活就是本色的生活。世间有两种人的生活最不艺术，一种是俗人，一种是伪君子。“俗人”根本就缺乏本色，“伪君子”则竭力遮盖本色。朱晦庵有一首诗说：

> 半亩方塘一鉴开，天光云影共徘徊。问渠那得清如许？为有源头活水来。

艺术的生活就是有“源头活水”的生活。俗人迷于名利，与世浮沉，心里没有“天光云影”，就因为没有源头活水。他们的大病是生命的枯渴。“伪君子”则于这种“俗人”的资格之上，又加上“沐猴而冠”的伎俩。他们的特点不仅见于道德上的虚伪，一言一笑、一举一动，都叫人起不美之感。谁知道风流名士的架子之中掩藏了几多行尸走肉？无论是“俗人”或是“伪君子”，他们都是生活上的“苟且者”，都缺乏艺术家在创造时所应有的良心。像柏格森所说的，他们都是“生命的机械化”，只能作喜剧中的角色。生活落到喜剧里去的人大半都是不艺术的。

艺术的创造之中都必寓有欣赏，生活也是如此。一般人对于一种言行常欢喜说它“好看”“不好看”，这已有几分是拿艺术欣赏的标准去估量它。但是一般人大半不能彻底，不能拿一言一笑、一举一动纳在全部生命史里去看，他们的“人格”观念太淡薄，所谓“好看”“不好看”往往只是“敷衍面子”。善于生活者则彻底认真，不让一尘一芥妨碍整个生命的和谐。一般人常以为艺术家是一班最随便的人，其实在艺术范围之内，艺术家是最严肃不过的。在锻炼作品时常呕心呕肝，一笔一画也不肯苟且。王荆公作“春风又绿江南岸”一句诗时，原来“绿”字是“到”字，后来由“到”字改为“过”字，由“过”字改为“入”字，由“入”字改为“满”字，改了十几次之后才定为“绿”字。即此一端可以想见艺术家的严肃了。善于生活者对于生活也是这样认真。曾子临死时记得床上的席子是季路的，一定叫门人把它换过才瞑目。吴季札心里已经暗许赠剑给徐君，没有实行徐君就已死去，他很郑重地把剑挂在徐君墓旁树上，以见“中心契合死生不渝”的风谊。像这一类的言行看来虽似小节，而善于生活者却不肯轻易放过，正犹如诗人不肯轻易放过一字一句一样。小节如此，大节更不消说。董狐宁愿断头不肯掩盖史实，夷齐饿死不愿降周，这种风度是道德的也是艺术的。我们主张人生的艺术化，就是主张对于人生的严肃主义。

艺术家估定事物的价值，全以它能否纳入和谐的整体为标准，往往出于一般人意料之外。他能看重一般人所看轻的，也能看轻一般人所看重的。在看重一件事物时，他知道执着；在看轻一件事物时，他也知道摆脱。艺术的能事不仅见于知所取，尤其见于知所舍。苏东坡论文，谓如水行山谷中，行于其所不得不行，止于其所不得不止。这就是取舍恰到好处，艺术化的人生也是如此。善于生活者对于世间一切，也拿艺术的口胃去评判它，合于艺术口胃者毫毛可以变成泰山，不合于艺术口胃者泰山也可以变成毫毛。他不但能认真，而且能摆脱。在认真时见出他的严肃，在摆脱时见出他的豁达。孟敏堕甑，不顾而去，郭林宗见到以为奇怪。他说："甑已碎，顾之何益？"哲学家斯宾诺莎宁愿靠磨镜过活，不愿当大学教授，怕妨碍他的自由。王徽之居山阴，有一天夜雪初霁，月色清朗，忽然想起他的朋友戴逵，便乘小舟到剡溪去访他，刚到门口便把船划回去。他说："乘兴而来，兴尽而返。"这几件事彼此相差很远，却都可以见出艺术家的豁达。伟大的人生和伟大的艺术都要同时并有严肃与豁达之胜。晋代清流大半只知道豁达而不知道严肃，宋朝理学又大半只知道严肃而不知道豁达。陶渊明和杜子美庶几算得恰到好处。

一篇生命史就是一种作品，从伦理的观点看，它有善恶的分别；从艺术的观点看，它有美丑的分别。善恶与美丑的关系究竟如何呢？

就狭义说，伦理的价值是实用的，美感的价值是超实用的；伦理的活动都是有所为而为，美感的活动则是无所为而为。比如仁义忠信等都是善，问它们何以为善，我们不能不着眼到人群的幸福。美之所以为美，则全在美的形相本身，不在它对于人群的效用（这并不是说它对于人群没有效用）。假如世界上只有一个人，他就不能有道德的活动，因为有父子才有慈孝可言，有朋友才有信义可言。但是这个想象的孤零零的人还可以有艺术的活动，他还可以欣赏他所居的世界，他还可以创造作品。善有所赖而美无所赖，善的价值是“外在的”，美的价值是“内在的”。

不过这种分别究竟是狭义的。就广义说，善就是一种美，恶就是一种丑。因为伦理的活动也可以引起美感上的欣赏与嫌恶。希腊大哲学家柏拉图和亚理士多德讨论伦理问题时都以为善有等级，一般的善虽只有外在的价值，而“至高的善”则有内在的价值。这所谓“至高的善”究竟是什么呢？柏拉图和亚里士多德本来是一走理想主义的极端，一走经验主义的极端，但是对于这个问题，意见却是一致。他们都以为“至高的善”在“无所为而为的玩索”（Disinterested Contemplation）。这种见解在西方哲学思潮上影响极大，斯宾诺莎、黑格尔、叔本华的学说都可以参证。从此可知西方哲人心目中的“至高的善”还是一种美，最高的伦理的活动还是一种艺术的活动了。

“无所为而为的玩索”何以看成“至高的善”呢？这个问题牵到西方哲人对于神的观念。从耶稣教盛行之后，神才是一个大慈大悲的道德家。在希腊哲人以及近代莱布尼兹、尼采、叔本华诸人的心目中，神却是一个大艺术家，他创造这个宇宙出来，全是为着自己要创造，要欣赏。其实这种见解也并不减低神的身份。耶稣教的神只是一班穷叫化子中的一个肯施舍的财主佬，而一般哲人心中的神，则是以宇宙为乐曲而要在这种乐曲之中见出和谐的音乐家。这两种观念究竟是哪一个伟大呢？在西方哲人想，神只是一片精灵，他的活动绝对自由而不受限制，至于人则为肉体的需要所限制而不能绝对自由。人愈能脱肉体需求的限制而作自由活动，则离神亦愈近。“无所为而为的玩索”是唯一的自由活动，所以成为最上的理想。

这番话似乎有些玄渺，在这里本来不应说及。不过无论你相信不相信，有许多思想却值得当作一个意象悬在心眼前来玩味玩味。我自己在闲暇时也欢喜看看哲学书籍。老实说，我对于许多哲学家的话都很怀疑，但是我觉得他们有趣。我以为穷到究竟，一切哲学系统也都只能当作艺术作品去看。哲学和科学穷到极境，都是要满足求知的欲望。每个哲学家和科学家对于他自己所见到的一点真理（无论它究竟是不是真理）都觉得有趣味，都用一股热忱去欣赏它。真理在离开实用而成为情趣中心时就已经是美感的对象了。“地球绕日运行”，“勾方加股方等于弦方”一类的科学事实，和《密罗斯爱神》或《第九交响曲》一样可以摄魂震魄。科学家去寻求这一类的事实，穷到究竟，也正因为它们可以摄魂震魄。所以科学的活动也还是一种艺术的活动，不但善与美是一体，真与美也并没有隔阂。

艺术是情趣的活动，艺术的生活也就是情趣丰富的生活。人可以分为两种，一种是情趣丰富的，对于许多事物都觉得有趣味，而且到处寻求享受这种趣味；一种是情趣枯竭的，对于许多事物都觉得没有趣味，也不去寻求趣味，只终日拼命和蝇蛆在一块争温饱。后者是俗人，前者就是艺术家。情趣愈丰富，生活也愈美满，所谓人生的艺术化就是人生的情趣化。

“觉得有趣味”就是欣赏。你是否知道生活，就看你对于许多事物能否欣赏。欣赏也就是“无所为而为的玩索”。在欣赏时人和神仙一样自由，一样有福。

阿尔卑斯山谷中有一条大汽车路，两旁景物极美，路上插着一个标语牌劝告游人说：“慢慢走，欣赏啊！”许多人在这车如流水马如龙的世界过活，恰如在阿尔卑斯山谷中乘汽车兜风，匆匆忙忙地急驰而过，无暇一回首流连风景，于是这丰富华覆的世界便成为一个了无生趣的囚牢。这是一件多么可惋惜的事啊！

朋友，在告别之前，我采用阿尔卑斯山路上的标语，在中国人告别习用语之下加上三个字奉赠：

“慢慢走，欣赏啊！”

光　潜

1932 年夏，莱茵河畔。

“读书破万卷，下笔如有神”

——天才与灵感

知道格律和模仿对于创造的关系，我们就可以知道天才和人力的关系了。

生来死去的人何止恒河沙数？真正的大诗人和大艺术家是在一口气里就可以数得完的。何以同是人，有的能创造，有的不能创造呢？在一般人看，这全是由于天才的厚薄。他们以为艺术全是天才的表现，于是天才成为懒人的借口。聪明人说，我有天才，有天才何事不可为？用不着去下功夫。迟钝人说，我没有艺术的天才，就是下功夫也无益。于是艺术方面就无学问可谈了。

“天才”究竟是什么一回事呢？

它自然有一部分得诸遗传。有许多学者常欢喜替大创造家和大发明家理家谱，说莫扎特有几代祖宗会音乐，达尔文的祖父也是生物学家，曹操一家出了几个诗人。这种证据固然有相当的价值，但是它决不能完全解释天才。同父母的兄弟贤愚往往相差很远。曹操的祖宗有什么大成就呢？曹操的后裔又有什么大成就呢？

天才自然也有一部分成于环境。假令莫扎特生在音阶简单、乐器拙陋的野蛮民族中，也决不能作出许多复音的交响曲。“社会的遗产”是不可蔑视的。文艺批评家常欢喜说，伟大的人物都是他们的时代的骄子，艺术是时代和环境的产品。这话也有不尽然。同是一个时代而成就却往往不同。英国在产生莎士比亚的时代和西班牙是一般隆盛，而当时西班牙并没有产生伟大的作者。伟大的时代不一定能产生伟大的艺术。美国的独立、法国的大革命在近代都是极重大的事件，而当时艺术却卑卑不足高论。伟大的艺术也不必有伟大的时代做背景，席勒和歌德的时代，德国还是一个没有统一的纷乱的国家。

我承认遗传和环境的影响非常重大，但是我相信它们都不能完全解释天才。在固定的遗传和环境之下，个人还有努力的余地。遗传和环境对于人只是一种机会、一种本钱，至于能否利用这种机会，能否拿这笔本钱去做出生意来，则所谓“神而明之，存乎其人”。有些人天资颇高而成就则平凡，他们好比有大本钱而没有做出大生意；也有些人天资并不特异而成就则斐然可观，他们好比拿小本钱而做出大生意。这中间的差别就在努力与不努力了。牛顿可以说是科学家中一个天才了，他常常说：“天才只是长久的耐苦。”这话虽似稍嫌过火，却含有很深的真理。只有死功夫固然不尽能发明或创造，但是能发明创造者却大半是下过死功夫来的。哲学中的康德、科学中的牛顿、雕刻图画中的米开朗琪罗、音乐中的贝多芬、书法中的王羲之、诗中的杜工部，这些实例已经够证明人力的重要，又何必多举呢？

最容易显出天才的地方是灵感。我们只须就灵感研究一番，就可以见出天才的完成不可无人力了。

杜工部尝自道经验说：“读书破万卷，下笔如有神。”所谓“灵感”就是杜工部所说的“神”，“读书破万卷”是功夫，“下笔如有神”是灵感。据杜工部的经验看，灵感是从功夫出来的。如果我们藉心理学的帮助来分析灵感，也可以得到同样的结论。

灵感有三个特征：

一、它是突如其来的，出于作者自己意料之外的。根据灵感的作品大半来得极快。从表面看，我们寻不出预备的痕迹。作者丝毫不费心血，意象涌上心头时，他只要信笔疾书。有时作品已经创造成功了，他自己才知道无意中又成了一件作品。歌德著《少年维特之烦恼》的经过，便是如此。据他自己说，他有一天听到一位少年失恋自杀的消息，突然间仿佛见到一道光在眼前闪过，立刻就想出《维特》全书的间架。他费两个星期的工夫一口气把它写成。在复看原稿时，他自己很惊讶，没有费力就写成一本书，告诉人说："这部小册子好像是一个患睡行症者在梦中作成的。"

二、它是不由自主的，有时苦心搜索而不能得的偶然在无意之中涌上心头。希望它来时它偏不来，不希望它来时它却蓦然出现。法国音乐家柏辽兹有一次替一首诗作乐谱，全诗都谱成了，只有收尾一句（“可怜的兵士，我终于要再见法兰西！”）无法可谱。他再四思索，不能想出一段乐调来传达这句诗的情思，终于把它搁起。两年之后，他到罗马去玩，失足落水，爬起来时口里所唱的乐调，恰是两年前所再四思索而不能得的。

三、它也是突如其去的，练习作诗文的人大半都知道“败兴”的味道。“兴”也就是灵感。诗文和一切艺术一样都宜于乘兴会来时下手。兴会一来，思致自然滔滔不绝。没有兴会时写一句极平常的话倒比写什么还难。兴会来时最忌外扰。本来文思正在源源而来，外面狗叫一声，或是墨水猛然打倒了，便会把思路打断。断了之后就想尽方法也接不上来。谢无逸问潘大临近来作诗没有，潘大临回答说："秋来日日是诗思。昨日捉笔得'满城风雨近重阳'之句，忽催租人至,令人意败。辄以此一句奉寄。"这是"败兴"的最好的例子。

灵感既然是突如其来，突然而去，不由自主，那不就无法可以用人力来解释吗？从前人大半以为灵感非人力，以为它是神灵的感动和启示。在灵感之中，仿佛有神灵凭附作者的躯体，暗中驱遣他的手腕，他只是坐享其成。但是从近代心理学发见潜意识活动之后，这种神秘的解释就不能成立了。

什么叫作"潜意识"呢？我们的心理活动不尽是自己所能觉到的。自己的意识所不能察觉到的心理活动就属于潜意识。意识既不能察觉到，我们何以知道它存在呢？变态心理中有许多事实可以为凭。比如说催眠，受催眠者可以谈话、做事、写文章、做数学题，但是醒过来后对于催眠状态中所说的话和所做的事往往完全不知道。此外还有许多精神病人现出"两重人格"。例如一个人乘火车在半途跌下，把原来的经验完全忘记，换过姓名在附近镇市上做了几个月的买卖。有一天他忽然醒过来，发见身边事物都是不认识的，才自疑何以走到这么一个地方。旁人告诉他说他在那里开过几个月的店，他绝对不肯相信。心理学家根据许多类似事实，断定人于意识之外又有潜意识，在潜意识中也可以运用意志、思想，受催眠者和精神病人便是如此。在通常健全心理中，意识压倒潜意识，只让它在暗中活动。在变态心理中，意识和潜意识交替来去。它们完全分裂开来，意识活动时潜意识便沉下去，潜意识涌现时，便把意识淹没起。

灵感就是在潜意识中酝酿成的情思猛然涌现于意识。它好比伏兵，在未开火之前，只是鸦雀无声地准备，号令一发，它乘其不备地发动总攻击，一鼓而下敌。在没有侦探清楚的敌人（意识）看，它好比周亚夫将兵从天而至一样。这个道理我们可以拿一件浅近的事实来说明。我们在初练习写字时，天天觉得自己在进步，过几个月之后，进步就猛然停顿起来，觉得字越写越坏。但是再过些时候，自己又猛然觉得进步。进步之后又停顿，停顿之后又进步，如此辗转几次，字才写得好。学别的技艺也是如此。据心理学家的实验，在进步停顿时，你如果索性不练习，把它丢开去做旁的事，过些时候再起手来写，字仍然比停顿以前较进步。这是什么道理呢？就因为在意识中思索的东西应该让它在潜意识中酝酿一些时候才会成熟。功夫没有错用的，你自己以为劳而不获，但是你在潜意识中实在仍然于无形中收效果。所以心理学家有“夏天学溜冰，冬天学泅水”的说法。溜冰本来是在前一个冬天练习的，今年夏天你虽然是在做旁的事，没有想到溜冰，但是溜冰的筋肉技巧却恰在这个不溜冰的时节暗里培养成功。一切脑的工作也是如此。

灵感是潜意识中的工作在意识中的收获。它虽是突如其来，却不是毫无准备。法国大数学家潘嘉赉常说他的关于数学的发明大半是在街头闲逛时无意中得来的。但是我们从来没有听过有一个人向来没有在数学上用功夫，猛然在街头闲逛时发明数学上的重要原则。在罗马落水的如果不是素习音乐的柏辽兹，跳出水时也决不会随口唱出一曲乐调。他的乐调是费过两年的潜意识酝酿的。

从此我们可以知道“读书破万卷，下笔如有神”两句诗是至理名言了。不过灵感的培养正不必限于读书。人只要留心，处处都是学问。艺术家往往在他的艺术范围之外下功夫，在别种艺术之中玩索得一种意象，让它沉在潜意识里去酝酿一番，然后再用他的本行艺术的媒介把它翻译出来。吴道子生平得意的作品为洛阳天宫寺的神鬼，他在下笔之前，先请斐旻舞剑一曲给他看，在剑法中得着笔意。张旭是唐朝的草书大家，他尝自道经验说："始吾见公主担夫争路，而得笔法之意；后见公孙氏舞剑器，而得其神。"王羲之的书法相传是从看鹅掌拨水得来的。法国大雕刻家罗丹也说道："你问我在什么地方学来的雕刻？在深林里看树，在路上看云，在雕刻室里研究模型学来的。我在到处学，只是不在学校里。"

从这些实例看，我们可知各门艺术的意象都可触类旁通。书画家可以从剑的飞舞或鹅掌的拨动之中得到一种特殊的筋肉感觉来助笔力，可以得到一种特殊的胸襟来增进书画的神韵和气势。推广一点说，凡是艺术家都不宜只在本行小范围之内用功夫，须处处留心玩索，才有深厚的修养。鱼跃鸢飞，风起水涌，以至于一尘之微，当其接触感官时我们虽常不自觉其在心灵中可生若何影响，但是到挥毫运斤时，他们都会涌到手腕上来，在无形中驱遣它、左右它。在作品的外表上我们虽不必看出这些意象的痕迹，但是一笔一画之中都潜寓它们的神韵和气魄，这样意象的蕴蓄便是灵感的培养。它们在潜意识中好比桑叶到了蚕腹，经过一番咀嚼组织而成丝，丝虽然已不是桑叶而却是从桑叶变来的。

悲剧与人生的距离

莎士比亚说得好：世界只是一座舞台，生命只是一个可怜的戏角。但从另一意义说，这种比拟却有不精当处。世界尽管是舞台，舞台却不能是世界。倘若堕楼的是你自己的绿珠，无辜受祸的是你自己的伊菲革涅亚，你会心寒胆裂。但是她们站在舞台时，你却袖手旁观，眉飞色舞。纵然你也偶一洒同情之泪，骨子里你却觉得开心。有些哲学家说这是人类恶根性的暴露，把“幸灾乐祸”的大罪名加在你的头上。这自然是冤枉，其实你和剧中人物有何仇何恨？

看戏和做人究竟有些不同。杀曹操泄义愤或是替罗米欧与朱丽叶传情书，就做人说，自是一种功德；就看戏说，似未免近于傻瓜。

悲剧是一回事，可怕的凶灾险恶又另是一回事。悲剧中有人生，人生中不必有悲剧。我们的世界中有的是凶灾险恶，但是说这种凶灾险恶是悲剧，只是在修辞用比譬。悲剧所描写的固然也不外凶灾险恶，但是悲剧的凶灾险恶是在艺术锅炉中蒸馏过来的。

像一切艺术一样，戏剧要有几分近情理，也要有几分不近情理。它要有几分近情理，否则它和人生没有接触点，兴味索然；

它也要有几分不近情理，否则你会把舞台真正看作世界，看《奥瑟罗》回想到自己的妻子，或者老实递消息给司马懿，说诸葛亮是在演空城计！

“软玉温香抱满怀，春至人间花弄色，露滴牡丹开”，淫词也，而读者在兴酣采烈之际忘其为淫，正因在实际人生中谈男女间事，话不会说得那样漂亮。俄狄浦斯弑父娶母，奥瑟罗信谗杀妻，悲剧也，而读者在兴酣采烈之际亦忘其为悲，正因在实际人生中天公并未曾濡染大笔，把痛心事描绘成那样惊心动魄的图画。

悲剧和人生之中自有一种不可跨越的距离，你走进舞台，你便须暂时丢开世界。

悲剧都有些古色古香。希腊悲剧流传于人间的几十部之中只有《波斯人》一部是写当时史实，其余都是写人和神还没有分家时的老故事老传说。莎士比亚并不醉心古典，在这一点他却近于守旧。他的悲剧事迹也大半是代远年淹的。十七世纪法国悲剧也是如此。拉辛在《巴雅泽》(*Bajazet*)序文里说，“说老实话，如果剧情在哪一国发生，剧本就在哪一国表演，我不劝作家拿这样近代的事迹做悲剧。”他自己用近代的“巴雅泽”事迹，因为它发生在土耳其，“国度的辽远可以稍稍补救时间的邻近”。莎士比亚也很明白这个道理。《奥瑟罗》的事迹比较晚。他于是把它的场合摆在意大利，用一个来历不明的黑面将军做主角。这是以空间的远救时间的近。他回到本乡本土搜材料时，他心焉向往的是李尔王、麦克白一些传说上的人物。这是以时间的远救空间的近。你如果不相信这个道理，让孔明脱去他的八卦衣，丢开他的羽扇，穿西装吸雪茄烟登场！

悲剧和平凡是不相容的，而在实际上不平凡就失人生世相的真面目。所谓“主角”同时都有几分“英雄气”。普罗米修斯、哈姆雷特乃至于无恶不作的埃及皇后克莉奥佩特拉都不是你我凡人所能望其项背的，你我凡人没有他们的伟大魄力，却也没有他们那副傻劲儿。许多悲剧情境移到我们日常世界中来，都会被妥协酿成一个平凡收场，不至引起轩然大波。如果你我是俄狄浦斯，要逃弑父娶母的预言，索性不杀人，独身到老，便什么祸事也没有。如果你我是哈姆雷特，逞义气，就痛痛快快把仇人杀死，不逞义气，便低首下心称他做父亲，多么干脆！悲剧的产生就由于不平常人睁着大眼睛向我们平常人所易避免的灾祸里闯。悲剧的世界和我们是隔着一层的。

这种另一世界的感觉往往因神秘色彩而更加浓厚。悲剧压根儿就是一个不可解的谜语，如果能拿理性去解释它的来因去果，便失其为悲剧了。善有善报，恶有恶报，是人类的普遍希望，而事实往往不如人所期望，不能尤人，于是怨天，说一切都是命运。悲剧是不虔敬的，它隐约指示冥冥之中有一个捣乱鬼，但是这个捣乱鬼的面目究竟如何，它却不让我们知道，本来它也无法让我们知道。看悲剧要带几分童心，要带几分原始人的观世法。狼在街上走，枭在白天里叫，人在空中飞，父杀子，女驱父，普洛斯彼罗呼风唤雨，这些光怪陆离的幻相，如果拿读《太上感应篇》或是计较油盐柴米的心理去摸索，便失其为神奇了。

艺术往往在不自然中寓自然。一部《红楼梦》所写的完全是儿女情，作者却要把它摆在“金玉缘”一个神秘的轮廓里。一部《水浒》所写的完全是侠盗生活，作者却要把它的根源埋到“伏魔之洞”。戏剧在人情物理上笼上一层神秘障，也是惯技。梅特林克的《佩利亚斯和梅丽桑德》写叔嫂的爱，本是一部人间性极重要的悲剧，作者却把场合的空气渲染得阴森冷寂如地窖，把剧中人的举止言笑描写得如僵尸活鬼，使观者察觉不到它的人间性。邓南遮的《死城》也是如此。别说什么自然主义或是写实主义，易卜生写的在房子里养野鸭来打的老头儿，是我们这个世界里的人物吗？

像一切艺术一样，戏剧和人生之中本来要有一种距离，所以免不了几分形式化，免不了几分不自然。人事里哪里有恰好分成五幕的？谁说情话像张君瑞出口成章？谁打仗只用几十个人马？谁像奥尼尔在《奇妙的插曲》里所写的角色当着大众说心中隐事？以此类推，古希腊和中国旧戏的角色戴面具，穿高跟鞋，拉了嗓子唱，以及许多其他不近情理的玩艺儿都未尝没有几分情理在里面。它们至少可以在舞台和世界之中辟出一个应有的距离。

悲剧把生活的苦恼和死的幻灭通过放大镜，射到某种距离以外去看。苦闷的呼号变成庄严灿烂的意象，霎时间使人脱开现实的重压而游魂于幻境，这就是尼采所说的“从形相得解脱”（Redemption through appearance）。

（选自《我与文学及其他》，1943 年开明书店出版）

Chapter
3

第三辑：

不畏浮云遮望眼

“子非鱼，安知鱼之乐？”

——宇宙的人情化

庄子与惠子游于濠梁之上。

庄子曰：“鯈鱼出游从容，是鱼之乐也！”

惠子曰：“子非鱼，安知鱼之乐？”

庄子曰：“子非我，安知我不知鱼之乐？”

这是《庄子·秋水》篇里的一段故事，是你平时所欢喜玩味的。我现在藉这段故事来说明美感经验中的一个极有趣味的道理。

我们通常都有“以己度人”的脾气，因为有这个脾气，对于自己以外的人和物才能了解。严格地说，各个人都只能直接地了解他自己，都只能知道自己处某种境地、有某种知觉、生某种情感。至于知道旁人旁物处某种境地、有某种知觉、生某种情感时，则是凭自己的经验推测出来的。比如我知道自己在笑时心里欢喜，在哭时心里悲痛，看到旁人笑也就以为他心里欢喜，看见旁人哭也以为他心里悲痛。我知道旁人旁物的知觉和情感如何，都是拿自己的知觉和情感来比拟的。我只知道自己，我知道旁人旁物时是把旁人旁物看成自己，或是把自己推到旁人旁物的地位。庄子看到鯈鱼“出游从容”便觉得它乐，因为他自己对于“出游从容”的滋味是有经验的。人与人，人与物，都有共同之点，所以他们都有互相感通之点。假如庄子不是鱼就无从知鱼之乐，每个人就要各成孤立世界，和其他人物都隔着一层密不通风的墙壁，人与人以及人与物之中便无心灵交通的可能了。

这种“推己及物”“设身处地”的心理活动不尽是有意的、出于理智的，所以它往往发生幻觉。鱼没有反省的意识，是否能够像人一样“乐”,这种问题大概在庄子时代的动物心理学也还没有解决，而庄子硬拿“乐”字来形容鱼的心境，其实不过把他自己的“乐”的心境外射到鱼的身上罢了，他的话未必有科学的谨严与精确。我们知觉外物，常把自己所得的感觉外射到物的本身上去，把它误认为物所固有的属性，于是本来在我的就变成在物的了。比如我们说“花是红的”时，是把红看作花所固有的属性，好像是以为纵使没有人去知觉它，它也还是在那里。其实花本身只有使人觉到红的可能性，至于红却是视觉的结果。红是长度为若干的光波射到眼球网膜上所生的印象。如果光波长一点或是短一点，眼球网膜的构造换一个样子，红的色觉便不会发生。患色盲的人根本就不能辨别红色，就是眼睛健全的人在薄暮光线暗淡时也不能把红色和绿色分得清楚，从此可知，严格地说，我们只能说“我觉得花是红的”。我们通常都把“我觉得”三字略去而直说“花是红的”，于是在我的感觉遂被误认为在物的属性了。日常对于外物的知觉都可作如是观。“天气冷”其实只是“我觉得天气冷”,鱼也许和我不同意;“石头太沉重”其实只是“我觉得它太沉重”，大力士或许还嫌它太轻。

云何尝能飞？泉何尝能跃？我们却常说云飞泉跃；山何尝能鸣？谷何尝能应？我们却常说山鸣谷应。在说云飞泉跃、山鸣谷应时，我们比说花红石头重，又更进一层了。原来我们只把在我的感觉误认为在物的属性，现在我们却把无生气的东西看成有生气的东西，把它们看作我们的侪辈，觉得它们也有性格，也有情感，也能活动。这两种说话的方法虽不同，道理却是一样，都是根据自己的经验来了解外物。这种心理活动通常叫作“移情作用”。

“移情作用”是把自己的情感移到外物身上去，仿佛觉得外物也有同样的情感。这是一个极普遍的经验。自己在欢喜时，大地山河都在扬眉带笑；自己在悲伤时，风云花鸟都在叹气凝愁。惜别时蜡烛可以垂泪，兴到时青山亦觉点头。柳絮有时“轻狂”，晚峰有时“清苦”。陶渊明何以爱菊呢？因为他在傲霜残枝中见出孤臣的劲节；林和靖何以爱梅呢？因为他在暗香疏影中见出隐者的高标。

从这几个实例看，我们可以看出移情作用是和美感经验有密切关系的。移情作用不一定就是美感经验，而美感经验却常含有移情作用。美感经验中的移情作用不单是由我及物的，同时也是由物及我的；它不仅把我的性格和情感移注于物，同时也把物的姿态吸收于我。所谓美感经验，其实不过是在聚精会神之中，我的情趣和物的情趣往复回流而已。

姑先说欣赏自然美。比如我在观赏一棵古松，我的心境是什么样状态呢？我的注意力完全集中在古松本身的形相上，我的意识之中除了古松的意象之外，一无所有。在这个时候，我的实用的意志和科学的思考都完全失其作用，我没有心思去分别我是我而古松是古松。古松的形相引起清风亮节的类似联想，我心中便隐约觉到清风亮节所常伴着的情感。因为我忘记古松和我是两件事，我就于无意之中把这种清风亮节的气概移置古松上面去，仿佛古松原来就有这种性格。同时我又不知不觉地受古松的这种性格影响，自己也振作起来，模仿它那一副苍老劲拔的姿态。所以古松俨然变成一个人，人也俨然变成一棵古松。真正的美感经验都是如此，都要达到物我同一的境界；在物我同一的境界中，移情作用最容易发生，因为我们根本就不分辨所生的情感到底是属于我还是属于物的。

再说欣赏艺术美，比如说听音乐。我们常觉得某种乐调快活，某种乐调悲伤。乐调自身本来只有高低、长短、急缓、宏纤的分别，而不能有快乐和悲伤的分别。换句话说，乐调只能有物理而不能有人情。我们何以觉得这本来只有物理的东西居然有人情呢？这也是由于移情作用。这里的移情作用是如何起来的呢？音乐的命脉在节奏。节奏就是长短、高低、急缓、宏纤相继承的关系。这些关系前后不同，听者所费的心力和所用的心的活动也不一致。因此听者心中自起一种节奏和音乐的节奏相平行。听一曲高而缓的调子，心力也随之作一种高而缓的活动；听一曲低而急的调子，心力也随之作一种低而急的活动。这种高而缓或是低而急的心力活动，常蔓延浸润到全部心境，使它变成和高而缓的活动或是低而急的活动相同调，于是听者心中遂感觉一种欢欣鼓舞或是抑郁凄恻的情调。这种情调本来属于听者，在聚精会神之中，他把这种情调外射出去，于是音乐也就有快乐和悲伤的分别了。

再比如说书法。书法在中国向来自成艺术，和图画有同等的身份，近来才有人怀疑它是否可以列于艺术，这般人大概是看到西方艺术史中向来不留位置给书法，所以觉得中国人看重书法有些离奇。其实书法可列于艺术，是无可置疑的。它可以表现性格和情趣。颜鲁公的字就像颜鲁公，赵孟頫的字就像赵孟頫。所以字也可以说是抒情的，不但是抒情的，而且是可以引起移情作用的。横直钩点等笔画原来是墨涂的痕迹，它们不是高人雅士，原来没有什么“骨力”“姿态”“神韵”和“气魄”。但是在名家书法中我们常觉到“骨力”“姿态”“神韵”和“气魄”。我们说柳公权的字“劲拔”，赵孟頫的字“秀媚”，这都是把墨涂的痕迹看作有生气有性格的东西，都是把字在心中所引起的意象移到字的本身上面去。

移情作用往往带有无意的模仿。我在看颜鲁公的字时，仿佛对着巍峨的高峰，不知不觉地耸肩聚眉，全身的筋肉都紧张起来，模仿它的严肃；我在看赵孟頫的字时，仿佛对着临风荡漾的柳条，不知不觉地展颐摆腰，全身的筋肉都松懈起来，模仿它的秀媚。从心理学看，这本来不是奇事。凡是观念都有实现于运动的倾向。念到跳舞时脚往往不自主地跳动，念到“山”字时口舌往往不由自主地说出“山”字。通常观念往往不能实现于动作者，由于同时有反对的观念阻止它。同时念到打球又念到泅水，则既不能打球，又不能泅水。如果心中只有一个观念，没有旁的观念和它对敌，则它常自动地现于运动。聚精会神看赛跑时，自己也往往不知不觉地弯起胳膊动起脚来，便是一个好例。在美感经验之中，注意力都是集中在一个意象上面，所以极容易起模仿的运动。

移情的现象可以称之为“宇宙的人情化”，因为有移情作用然后本来只有物理的东西可具人情，本来无生气的东西可有生气。从理智观点看，移情作用是一种错觉，是一种迷信。但是如果把它勾销，不但艺术无由产生，即宗教也无由出现。艺术和宗教都是把宇宙加以生气化和人情化，把人和物的距离以及人和神的距离都缩小。它们都带有若干神秘主义的色彩。所谓神秘主义其实并没有什么神秘，不过是在寻常事物之中见出不寻常的意义。这仍然是移情作用。从一草一木之中见出生气和人情以至于极玄奥的泛神主义，深浅程度虽有不同，道理却是一样。

美感经验既是人的情趣和物的姿态的往复回流，我们可以从这个前提中抽出两个结论来：

一、物的形相是人的情趣的返照。物的意蕴深浅和人的性分密切相关。深人所见于物者亦深，浅人所见于物者亦浅。比如一朵含露的花，在这个人看来只是一朵平常的花，在那个人看或以为它含泪凝愁，在另一个人看或以为它能象征人生和宇宙的妙谛。一朵花如此，一切事物也是如此。因我把自己的意蕴和情趣移于物，物才能呈现我所见到的形相。我们可以说，各人的世界都由各人的自我伸张而成。欣赏中都含有几分创造性。

二、人不但移情于物，还要吸收物的姿态于自我，还要不知不觉地模仿物的形相。所以美感经验的直接目的虽不在陶冶性情，而却有陶冶性情的功效。心里印着美的意象，常受美的意象浸润，自然也可以少存些浊念。苏东坡诗说：

> 宁可食无肉，不可居无竹；无肉令人瘦，无竹令人俗。

竹不过是美的形相之一种，一切美的事物都有不令人俗的功效。

“依样画葫芦”

——写实主义和理想主义的错误

从美学观点看，“自然美”虽是一个自相矛盾的名词，但是通常说“自然美”时所用的“美”字却另有一种意义，和说“艺术美”时所用的“美”字不应该混为一事。这个分别非常重要，我们须把它剖析清楚。

自然本来混整无别，许多分别都是从人的观点看出来的。离开人的观点而言，自然本无所谓真伪，真伪是科学家所分别出来以便利思想的；自然本无所谓善恶，善恶是伦理学家所分别出来以规范人类生活的。同理，离开人的观点而言，自然也本无所谓美丑，美丑是观赏者凭自己的性分和情趣见出来的。自然界唯一无二的固有的分别，只是常态与变态的分别。通常所谓“自然美”就是指事物的常态，所谓“自然丑”就是指事物的变态。

举个例来说，比如我们说某人的鼻子生得美，它大概应该像什么样子呢？太大的、太小的、太高的、太低的、太肥的、太瘦的鼻子都不能算得美。美的鼻子一定大小肥瘦高低件件都合适。我们说它不太高，说它件件都合适，这就是承认鼻子的大小高低等原来有一个标准。这个标准是如何定出来的呢？你如果仔细研究，就可以发现它是取决多数，像选举投票一样。如果一百人之中有过半数的鼻子是一寸高，一寸就成了鼻高的标准。不及一寸高的鼻子就使人嫌它太低，超过一寸高的鼻子就使人嫌它太高。鼻子通常都是从上面逐渐高到下面来，所以称赞生得美的鼻子，我们往往说它“如悬胆”。如果鼻子上下都是一样粗细，像腊肠一样，或是鼻孔朝天露出，那就太稀奇古怪了，稀奇古怪便是变态。通常人说一件事丑，其实不过是因为它稀奇古怪。

照这样说，世间美鼻子应该多于丑鼻子，何以实在不然呢？自然美的难，难在件件都合适。高低合式的大小或不合式，大小合式的肥瘦或不合式。所谓“式”就是标准，就是常态，就是最普遍的性质。自然美为许多最普遍的性质之总和。就每个独立的性质说，它是最普遍的；但是就总和说，它却不可多得，所以成为理想，为人称美。

一切自然事物的美丑都可以作如是观。宋玉形容一个美人说：

> 天下之佳人莫若楚国，楚国之丽者莫若臣里，臣里之美者莫若臣东家之子。东家之子增之一分则太长，减之一分则太短，著粉则太白，施朱则太赤。

照这样说，美人的美就在安不上“太”字，一安上“太”字就不免有些丑了。“太”就是超过常态，就是稀奇古怪。

人物都以常态为美。健全是人体的常态，耳聋、口吃、面麻、颈肿、背驼、足跛都不是常态，所以都使人觉得丑。一般生物的常态是生气蓬勃，活泼灵巧。所以就自然美而论，猪不如狗，龟不如蛇，樗不如柳，老年人不如少年人。非生物也是如此。山的常态是巍峨，所以巍峨最易显出山的美；水的常态是浩荡明媚，所以浩荡明媚最易显出水的美。同理，花宜清香，月宜皎洁，春风宜温和，秋雨宜凄厉。

通常所谓“自然美”和“自然丑”，分析起来，意义不过如此。艺术上所谓美丑，意义是否相同呢？

一般人大半以为自然美和艺术美的对象和成因虽不同，而其为美则一。自然丑和艺术丑也是如此。这个普遍的误解酿成艺术史上两种表面相反而实在都是错误的主张，一是写实主义，一是理想主义。

写实主义是自然主义的后裔。自然主义起于法人卢梭。他以为上帝经手创造的东西，本来都是尽美尽善，人伸手进去搅扰，于是它们才被弄糟。人工造作，无论如何精巧，终比不上自然。自然既本来就美，艺术家最聪明的办法就是模仿它。在英人罗斯金看，艺术原来就是从模仿自然起来的。人类本来住在露天的树林中，后来他们建筑房屋，仍然是以树林和天空为模型。建筑如此，其他艺术亦然。人工不敌自然，所以用人工去模仿自然时，最忌讳凭己意选择去取。罗斯金说：

> 纯粹主义者拣选精粉，感官主义者杂取秕糠，至于自然主义则兼容并包，是粉就拿来制饼，是草就取来塞床。

这段话后来变成写实派的信条。写实主义最盛于十九世纪后半叶的法国，尤其是在小说方面。左拉是大家公认的代表。所谓写实主义就是完全照实在描写，愈像愈妙。比如描写一个酒店就要活像一个酒店，描写一个妓女就要活像一个妓女。既然是要像，就不能不详尽精确，所以写实派作者欢喜到实地搜集“凭据”，把它们很仔细地写在笔记簿上，然后把它们整理一番，就成了作品。他们写一间房屋时至少也要用三五页的篇幅，才肯放松它。

这种艺术观的难点甚多，最显著的有两端。第一，艺术的最高目的既然只在模仿自然，自然本身既已美了，又何必有艺术呢？如果妙肖自然，是艺术家的唯一能事，则寻常照相家的本领都比吴道子、唐六如高明了。第二，美丑是相对的名词，有丑然后才显得出美。如果你以为自然全体尽美，你看自然时便没有美丑的标准，便否认有美丑的比较，连“自然美”一个名词也没有意义了。

理想主义有见于此。依它说，自然中有美有丑，艺术只模仿自然的美，丑的东西应丢开。美的东西之中又有些性质是重要的，有些性质是琐屑的，艺术家只选择重要的，琐屑的应丢开。这种理想主义和古典主义通常携手并行。古典主义最重“类型”，所谓“类型”就是全类事物的模子。一件事物可以代表一切其他同类事物时就可以说是类型。比如说画马，你不应该画得只像这匹马或是只像那匹马，你该画得像一切马，使每个人见到你的画都觉得他所知道的马恰是像那种模样。要画得像一切马，就须把马的特征、马的普遍性画出来，至于这匹马或那匹马所特有的个性则“琐屑”不足道。假如你选择某一匹马来做模型，它一定也要富于代表性。这就是古典派的类型主义。从此可知类型就是我们在上文所说的事物的常态，就是一般人的“自然美”。

这种理想主义似乎很能邀信任常识者的同情，但是它和近代艺术思潮颇多冲突。艺术不像哲学，它的生命全在具体的形相，最忌讳的是抽象化。凡是一个模样能套上一切人物时就不能适合于任何人，好比衣帽一样。古典派的类型有如几何学中的公理，虽然应用范围很广泛，却不能引起观者的切身的情趣。许多人所公有的性质，在古典派看，虽是精深，而在近代人看，却极平凡、粗浅。近代艺术所搜求的不是类型而是个性，不是彰明较著的色彩而是毫厘之差的阴影。直鼻子、横眼睛是古典派所谓类型。如果画家只能够把鼻子画直、眼睛画横，结果就难免千篇一律，毫无趣味。他应该能够把这个直鼻子所以异于其他直鼻子的，这个横眼睛所以异于其他横眼睛的地方表现出来，才算是有独到。

在表面上看，理想主义和写实主义似乎相反，其实它们的基本主张是相同的，它们都承认自然中本来就有所谓美，它们都以为艺术的任务在模仿，艺术美就是从自然美模仿得来的。它们的艺术主张都可以称为“依样画葫芦”的主义。它们所不同者，写实派以为美在自然全体，只要是葫芦，都可以拿来作画的模型；理想派则以为美在类型，画家应该选择一个最富于代表性的葫芦。严格地说，理想主义只是一种精炼的写实主义，以理想派攻击写实派，不过是以五十步笑百步罢了。

艺术对于自然，是否应该持“依样画葫芦”的态度呢？艺术美是否从模仿自然美得来的呢？要回答这个问题，我们应该注意到两件事实：

一、自然美可以化为艺术丑。长在藤子上的葫芦本来很好看，如果你的手艺不高明，画在纸上的葫芦就不很雅观。许多香烟牌和月份牌上面的美人画就是如此，以人而论，面孔倒还端正，眉目倒还清秀；以画而论，则往往恶劣不堪。毛延寿有心要害王昭君，才把她画丑。世间有多少王昭君都被有善意而无艺术手腕的毛延寿糟蹋了。

二、自然丑也可以化为艺术美。本来是一个很丑的葫芦，经过大画家点铁成金的手腕，往往可以成为杰作。大醉大饱之后睡在床上放屁的乡下老太婆未必有什么风韵，但是我们谁不高兴看醉卧怡红院的刘姥姥？从前艺术家大半都怕用丑材料，近来艺术家才知道融自然丑于艺术美，可以使美者更见其美。荷兰画家伦勃朗欢喜画老朽人物，法国文学家波德莱尔欢喜拿死尸一类的事物做诗题，雕刻家罗丹和爱朴斯丹也常用在自然中为丑的人物，都是最显著的例子。

这两件事实所证明的是什么呢？

一、艺术的美丑和自然的美丑是两件事。

二、艺术的美不是从模仿自然美得来的。

从这两点看，写实主义和理想主义都是一样错误，它们的主张恰与这两层道理相反。要明白艺术的真性质，先要推翻它们的“依样画葫芦”的办法，无论这个葫芦是经过选择，或是没有经过选择。

我们说“艺术美”时，“美”字只有一个意义，就是事物现形相于直觉的一个特点。事物如果要能现形相于直觉，它的外形和实质必须融化成一气，它的姿态必可以和人的情趣交感共鸣。这种“美”都是创造出来的，不是天生自在俯拾即是的，它都是“抒情的表现”。我们说“自然美”时，“美”字有两种意义。第一种意义的“美”就是上文所说的常态，例如背通常是直的，直背美于驼背。第二种意义的“美”其实就是艺术美。我们在欣赏一片山水而觉其美时，就已经把自己的情趣外射到山水里去，就已把自然加以人情化和艺术化了。所以有人说：“一片自然风景就是一种心境。”一般人的错误在只知道第一种意义的自然美，以为艺术美和第二种意义的自然美原来也不过如此。

法国画家德拉库瓦说得好："自然只是一部字典而不是一部书。"人人尽管都有一部字典在手边，可是用这部字典中的字采做出诗文，则全凭各人的情趣和才学。做得好诗文的人都不能说是模仿字典，说自然本来就美（"美"字用"艺术美"的意义）者也犹如说字典中原来就有《陶渊明集》和《红楼梦》一类作品在内。这显然是很荒谬的。

最好的字句
在最好的层次

“大匠能诲人以规矩，不能使人巧。”知道文章作法，不一定就做出好文章。

在作文运思时，最重要而且最艰苦的工作不在搜寻材料，而在有了材料之后，将它们加以选择与安排，这就等于说，给它们一个完整有生命的形式。材料只是生糙的钢铁，选择与安排才显出艺术的锤炼刻画。就生糙的材料说，世间可想到可说出的话在大体上都已经有从前人想过说过；然而后来人却不能因此就不去想不去说，因为每个人有他的特殊的生活情境与经验，所想所说的虽大体上仍是那样的话，而想与说的方式却各不相同。变迁了形式，就变迁了内容。所以他所想所说尽管在表面上是老生常谈，而实际上却可以是一种新鲜的作品，如果选择与安排给了它一个新的形式，新的生命。“袅袅兮秋风，洞庭波兮木叶下”，在大体上和“菡萏香销翠叶残，西风愁起绿波间”表现同样的情致，而各有各的佳妙处，所以我们不能说后者对于前者是重复或是抄袭。莎士比亚写过夏洛克以后，许多作家接着写过同样典型的守财奴（莫里哀的阿尔巴贡和巴尔扎克的葛朗台是著例），也还是一样入情入理。材料尽管大致相同，每个作家有他的不同的选择与安排，这就是说，有他的独到的艺术手腕，所以仍可以有他的特殊的艺术成就。

最好的文章，像英国小说家斯威夫特所说的，须用“最好的字句在最好的层次”。找最好的字句要靠选择，找最好的层次要靠安排。其实这两桩工作在人生各方面都很重要，立身处世到处都用得着，一切成功和失败的枢纽都在此。在战争中我常注意用兵，觉得它和作文的诀窍完全相同。善将兵的人都知道兵在精不在多。精兵一人可以抵得许多人用，疲癃残疾的和没有训练、没有纪律的兵愈多愈不易调动，反而成为累赘或障碍。一篇文章中每一个意思或字句就是一个兵，你在调用之前，须加一番检阅，不能作战的，须一律淘汰，只留下精锐，让他们各站各的岗位，各发挥各的效能。排定岗位就是摆阵势，在文章上叫作“布局”。在调兵布阵时，步、骑、炮、工、辎须有联络照顾，将、校、尉、士、卒须按部就班，全战线的中坚与侧翼，前锋与后备，尤须有条不紊。虽是精锐，如果摆布不周密，纪律不严明，那也就成为乌合之众，打不来胜仗。文章的布局也就是一种阵势，每一段就是一个队伍，摆在最得力的地位才可以发生最大的效用。

文章的通病总不外两种，不知选择和不知安排。第一步是选择。斯蒂文森说文学是“裁剪的艺术”。裁剪就是选择的消极方面。有选择就必有排弃，有割爱。在兴酣采烈时，我们往往觉得自己所想到的意思样样都好，尤其是费过苦心得来的，要把它一笔勾销，似未免可惜。所以割爱是大难事，它需要客观的冷静，尤其需要谨严的自我批评。不知选择大半由于思想的懒惰和虚荣心所生的错觉。遇到一个题目来，不肯朝深一层想，只浮光掠影地凑合一些实在是肤浅陈腐而自以为新奇的意思，就把它们和盘托出。我常看大学生的论文，把一个题目所有的话都一五一十地说出来，每一点都约略提及，可是没有一点说得透彻，甚至前后重复或自相矛盾。如果有几个人同做一个题目，说的话和那话说出来的形式都大半彼此相同，看起来只觉得“天下老鸦一般黑”。这种文章如何能说服读者或感动读者？这里我们可以再就用兵打比譬，用兵致胜的要诀在占领要塞，击破主力。要塞既下，主力既破，其余一切就望风披靡，不攻自下。古人所以有“射人先射马，擒贼先擒王”的说法。如果虚耗兵力于无战略性的地点，等到自己的实力消耗尽了，敌人的要塞和主力还屹然未动，那还能希望打什么胜仗？做文章不能切中要害，错误正与此相同。在艺术和在自然一样，最有效的方式常是最经济的方式，浪费不仅是亏损而且也是伤害。与其用有限的力量于十件事上而不能把任何一件事做得好，不如以同样的力量集中在一件事上，把它做得斩钉截铁。做文章也是如此。世间没有说得完的话，你想把它说完，只见得你愚蠢；你没有理由可说人人都说的话，除非你比旁人说得好，而这却不是把所有的话都说完所能办到的。每篇文章必有一个主旨，你须把着重点完全摆在这主旨上，在这上面鞭辟入里，烘染尽致，使你所写的事理情态成一个世界，突出于其他一切世界之上，像浮雕突出于石面一样。读者看到，马上就可以得到一个强有力的印象，不由得他不受说服和感动。这就是选择，这就是攻坚破锐。

我们最好拿戏剧、小说来说明选择的道理。戏剧和小说都描写人和事。人和事的错综关系向来极繁复，一个人和许多人有因缘，一件事和许多事有联络，如果把这种关系辗转追溯下去，可以推演到无穷。一部戏剧或小说只在这无穷的人事关系中割出一个片段来，使它成为一个独立自足的世界，许多在其他方面虽有关系而在所写的一方面无大关系的事事物物，都须斩断撇开。我们在谈劫生辰纲的梁山泊好汉，生辰纲所要送到的那个豪贵场合也许值得描写，而我们却不能去管。谁不想知道哈姆雷特在威登堡的留学生活？但是我们现在只谈他的家庭悲剧，时间和空间的限制都不许我们搬到威登堡去看一看。再就划定的小范围来说，一部小说或戏剧须取一个主要角色或主要故事做中心，其余的人物故事穿插，须能烘托这主角的性格或理清这主要故事的线索，适可而止，多插一个人或一件事就显得臃肿繁芜。再就一个角色或一个故事的细节来说，那是数不尽的，你必须有选择，而选择某一个细节，必须有它典型性，选了它其余无数细节就都可不言而喻。悭吝人到处悭吝，吴敬梓在《儒林外史》里写严监生只挑选他临死时看见油灯里有两茎灯芯不闭眼一事。《红楼梦》对于妙玉着笔墨最少，而她那一副既冷僻而又不忘情的心理却令我们一见不忘。刘姥姥吃过的茶杯她叫人掷去，却将自己用的绿玉斗斟茶给宝玉；宝玉做寿，众姊妹闹得欢天喜地，她一人枯坐参禅，却暗地递一张粉红笺的贺帖。寥寥数笔，把一个性格，一种情境，写得活灵活现。在这些地方多加玩索，我们就可悟出选择的道理。

选择之外，第二件要事就是安排，就是摆阵势。兵家有所谓“常山蛇阵”，它的特点是“击首则尾应，击尾则首应，击腹则首尾俱应”。亚里士多德在《诗学》里论戏剧结构说它要完整，于是替“完整”一词下了一个貌似平凡而实精深的定义：“我所谓完整是指一件事物有头，有中段，有尾。头无须有任何事物在前面笼盖着，而后面却必须有事物承接着。中段要前面既有事物笼盖着，后面又有事物承接着。尾须有事物在前面笼盖着，却不须有事物在后面承接着。”这与“常山蛇阵”的定义其实是一样。用近代语言来说，一个艺术品必须为完整的有机体，必须是一件有生命的东西。有生命的东西第一须有头有尾有中段，第二是头尾和中段各在必然的地位，第三是有一股生气贯注于全体，某一部分受影响，其余各部分不能麻木不仁。一个好的阵形应如此，一篇好的文章布局也应如此。一段话如果丢去仍于全文无害，那段话就是赘疣；一段话如果搬动位置仍于全文无害，那篇文章的布局就欠斟酌。布局愈松懈，文章的活力就愈薄弱。

从前中国文人讲文章义法，常把布局当作呆板的形式来谈，例如全篇局势须有起承转合，脉络须有起伏呼应，声调须有抑扬顿挫，命意须有正反侧，如作字画，有阴阳向背。这些话固然也有它们的道理，不过它们是由分析作品得来的，离开作品而空谈义法，就不免等于纸上谈兵。我们想懂得布局的诀窍，最好是自己分析完美的作品；同时，自己在写作时，多费苦心衡量斟酌。最好的分析材料是西方戏剧杰作，因为它们的结构通常都极严密。习作戏剧也是学布局的最好方法，因为戏剧须把动作表现于有限时间与有限空间之中，如果起伏呼应不紧凑，就不能集中观众的兴趣，产生紧张的情绪。我国史部要籍如《左传》《史记》之类在布局上大半也特别讲究，值得细心体会。一篇完美的作品，如果细细分析，在结构上必具备下面的两个要件：

第一是层次清楚。文学像德国学者莱辛所说的，因为用在时间上承续的语文为媒介，是沿着一条线绵延下去。如果同时有许多事态线索，我们不能把它们同时摆在一个平面上，如同图画上许多事物平列并存；我们必须把它们在时间上分先后，说完一点，再接着说另一点，如此生发下去。这许多要说的话，谁说在先，谁说在后，须有一个层次。层次清楚，才有上文所说的头尾和中段。文章起头最难，因为起头是选定出发点，以后层出不穷的意思都由这出发点顺次生发出来，如幼芽生发出根干枝叶。文章有生发才能成为完整的有机体。所谓“生发”是上文意思生发下文意思，上文有所生发，下文才有所承接。文章的“不通”有多种，最厉害的是上气不接下气，上段上句的意思没有交代清楚就搁起，下段下句的意思没有伏根就突然出现。顺着意思的自然生发脉络必有衔接，不致有脱节断气的毛病，而且意思可以融贯，不致有前后矛盾的毛病。打自己耳光，是文章最大的弱点。章实斋在韩退之《送孟东野序》里挑出过一个很好的例。上文说“凡物不得其平则鸣”，下文接着说“伊尹鸣商，周公鸣周”，伊尹、周公并非不得其平。这是自相矛盾，下文意思不是从上文意思很逻辑地生发出来。意思互相生发，就能互相呼应，也就能以类相聚，不相杂乱。杂乱有两种：一是应该在前一段说的话遗漏着不说，到后来一段不很相称的地方勉强插进去；一是在上文已说过的话到下文再重复说一遍。这些毛病的根由都在思想疏懈。思想如果谨严，条理自然缜密。

第二是轻重分明。文章不仅要分层次，尤其要分轻重。轻重犹如图画的阴阳光影，一则可以避免单调，起抑扬顿挫之致；二则轻重相形，重者愈显得重，可以产生较强烈的效果。一部戏剧或小说的人物和故事如果不分宾主，群龙无首，必定显得零乱芜杂。一篇说理文如果有五六层意思都平铺并重，它一定平滑无力，不能说服读者。艺术的特征是完整，完与整是相因的，整一才能完美。在许多意思并存时，想产生整一的印象，它们必须轻重分明。文章无论长短，一篇须有一篇的主旨，一段须有一段的主旨。主旨是纲，由主旨生发出来的意思是目。纲必须能领目，目必须附丽于纲，尊卑就序，然后全体自能整一。“譬如北辰居其所而众星拱之”，一篇文章的主旨应有这种气象，众星也要分大小远近。主旨是着重点，有如照相投影的焦点，其余所有意思都附在周围，渐远渐淡。在文章中显出轻重通常不外两种办法：第一是在层次上显出。同是一个意思，摆的地位不同，所生的效果也就不同，不过我们不能指定某一地位是天然的着重点。起头有时可以成为着重点，因为它笼盖全篇，对读者可以生“先入为主”的效果；收尾通常不能不着重，虎头蛇尾是文章的大忌讳，作家往往一层深一层地掘下去，不断地引起读者的好奇心，使他不能不读到终了，到终了主旨才见分晓，故事才告结束，谜语才露谜底。中段承上启下，也可以成为着重点，戏剧的顶点大半落在中段，可以为证。一个地位能否成为着重点，全看作者渲染烘托的技巧如何，我们不能定出法则，但是可以从分析名著（尤其是叙事文）中探得几分消息。其次轻重可以在篇幅分量上显出。就普遍情形说，意思重要，篇幅应占多；意思不重要，篇幅应占少。这不仅是为着题旨醒豁，也是要在比例匀称上显出一点波澜节奏，如同图画上的阴阳。轻重倒置在任何艺术作品中都是毛病。不过这也不能一概而论，名手立论或叙事，往往在四面渲染烘托，到了主旨所在，有如画龙点睛反而轻描淡写地掠过去，不多着笔墨。

从上面的话看来，我们可以知道文章有一定的理，没有一定的法。所以我们只略谈原理，不像一般文法修辞书籍，在义法上多加剖析。“大匠能诲人以规矩，不能使人巧。”知道文章作法，不一定就做出好文章。艺术的基本原则是寓变化于整齐，整齐易说，变化则全靠心灵的妙运，这是所谓“神而明之，存乎其人”了。

（原题《选择与安排》，
选自《谈文学》，1946年，开明书店出版）

老而不僵

《中国老年》编辑部向我约稿，我愿借此机会，同老年朋友交换一些意见，谈谈我个人的看法。

我今年八十八岁了，一生都在学习和研究学术问题，特别是关于美学问题，写过不少论文。我认为，人到老年，就要注意健康和长寿。有了健康的身体，才能有健康的精神。

英国人说："健康的精神寄托于健康的身体。"这的确是至理名言。健康的身体来自锻炼，我每日坚持慢跑、打太极拳、做气功。我第二次"解放"后，重操起旧业。我这才发现脑筋也和身体一样，愈锻炼，效率也就愈高。仅1979年一年内，我就写了十三万字的文稿，搞了近百万字的书稿清样。关在牛棚时的那种麻木白痴的状态也根本消失了。据此经验，我劝老年朋友，离休退休之后，总要找点事情干，使脑筋和身体一样经常处于锻炼状态。

从锻炼成健康的身体中来锻炼出健康的精神，这是做一切工作所必须遵循的一条辩证唯物主义的准则。人总是要老的。老化和僵化都是生机贫弱的表现。要恢复生机，就要在身体上和精神上都保持健康状态。

老化可能带来僵化，但老化并不等于僵化。思想僵化的病根是“坐井观天”“画地为牢”“故步自封”。我们要使自己老而不僵。怎样才能老而不僵？我们的老祖宗朱熹有句名言：“半亩方塘一鉴开，天光云影共徘徊。问渠那得清如许,为有源头活水来。”关键在这“源头活水”，活水是生机的源泉，有了它就可以防环境污染，使头脑常醒和不断地更新。这就要多接触社会，多接近群众，多读书看报。一句话，要“放眼世界”，不断地吸引精神营养！

眼泪文学

我看最卑微的野花都有意义，但在眼泪无法企及的地方深藏。

记得有一位作者，在他一篇小说后面记他自己读那篇文章所受的感动程度说："因为这一段事过于凄惨，自己写完了再读一遍，却又落了一会儿泪。"近来又看到一位批评家谈一部新出的剧本，他说他喜欢这剧本，它使他"流过四次眼泪"。同样的自白随时随地可以看到或听到，我每看到或听到这种话时，心里不免有些怅惘。我也天天在读文学作品，为什么我一向就没有流过眼泪呢？罪过显然不在作品，因为叫他们流泪的书我也还是在读。这大概只能归咎我的天性薄，心肠硬了。

应该归咎于我自己，我承认，不过文学与眼泪是否真有必然的关联？文学的最高恩惠是否就是眼泪？叫人流泪的多寡是否是衡量文学价值的靠得住的标准？对于这些问题，我却很怀疑。

我虽不会流泪，但是我想它也并不是难事。你到戏院或电影院里去看看。每逢到一个末路英雄，一对情侣的生离死别，或是一个堕落者的最后忏悔，你回头望一望同座的观众——尤其是太太小姐们——你总可以发见一些人在拿手帕揩眼睛。这是你看得见的，还有许多末路英雄，失意情侣和忏悔的堕落者睡在被窝里或是躺在沙发上在埋头咀嚼感伤派的小说，“掬同情之泪”，你也不难想象到。

在这个世界里，末路英雄、失意情侣和忏悔的堕落者实在是太多了，所以感伤派文学——或者用法国人所取的一个更恰当的名称，“眼泪文学”（litté rature de larme）——总是到处受欢迎。据希腊哲学家柏拉图说，人生来就有一种哀怜癖，爱流泪，爱读叫人流泪的文学。这是一种饥渴，一种馋瘾，读“眼泪文学”觉得爽快，正犹如吃了酒，发泄了性欲，打了吗啡针，一种很原始的要求得到了满足。因为需要普遍，所以就有一派作者应运而起，努力供给以文学为商标的兴奋剂。

“眼泪文学”既有人类根性做基础，所以传播起来非常容易。大家愈称赞流泪，于是流泪成为时髦。我们都知道，文学史上有所谓“浪漫时期”，“浪漫时期”又有所谓“世纪病”，“世纪病”其实可以说就是“流泪病”。在那个时期，不爱流泪，不会叫人流泪，就简直失去“诗人”的资格。他们的英雄是维特（Werther），是哈罗尔德（Herold），是勒内（René），个个都是眼泪汪汪地望着破烂的堡垒和荒凉的墓园，嗟叹人生的空虚，歌咏伤感的伟大。会流泪，就会显得你不同凡俗，显得你深刻高贵。大家都爱自居深刻高贵，于是流泪本来虽是“贵族的”，也变成“平民的”了。因此，“眼泪文学”于人类根性之外，又加上风气与虚荣心两重保障。

文学能叫人流泪，它的感动力多么伟大啊！但是我们试平心静气地想一想：世间受文学感动而至于流泪的人们，在感动以后，究竟发下什么样的大善心，叫世界上少发生一些可痛哭流涕的事件呢？谈到这个问题，我又想起柏拉图。他驱逐诗人于理想国之外，重要的原因就是诗人太爱叫人流泪。只有弱者在悲苦的境遇才感伤流泪，诗人迎合人类好感伤流泪的一点劣根性，尽量拿易起感伤的材料去刺激听众，叫他们得到满足“哀怜癖”的快感，久之习惯成自然，他们便逐渐失去“丈夫气”，性格变成女性化，到自己遇到悲苦境界时，也只以一叹一哭了之。柏拉图的清教徒式的严酷固然有些过火，但从一般读文学而爱流泪的人们所给的实证看，他的话似乎也并不完全错误。记得看过一篇俄国小说——记不清作者，许是屠格涅夫——写一位莫斯科的贵妇坐在马车里读一部写贫苦社会的小说，读得泪流满面，同时她的马车夫就在她面前冻死了，她却毫不在意。受文学作品感动而流泪的人们心地并不一定就特别慈祥，法国哲学家卢梭老早就已经说过。像罗马塞那（Sylla）之类的暴君素以残酷著名，到戏院里去看悲剧时也还是流泪。

能叫人流泪的文学不一定就是第一等的文学。关于这一点，我曾经作过一些实地观察。我到戏院里看戏，总喜欢回头看看观众在兴酣局紧时，面孔上表现什么样的反应。我看过几十次的莎士比亚的作品，在剧情极悲惨时，我回头看看，只见全场人都在屏息静听，面上都呈现一种虽紧张而却镇定喜悦的样子。我也看过不少的富于感伤性的近代戏，像《茶花女》《少奶奶的扇子》之类的戏我都看过好几遍，每次总听得前后左右的观众哭的哭，啼的啼。我不常看电影，但是也常听到看过电影的朋友回来报告说：“今天片子真好，许多人都淌了眼泪。”我不敢很武断地说某一种文学一定比某一种价值高，但是我觉得把《茶花女》《少奶奶的扇子》之类的作品摆在《李尔王》或《麦克白》之上，至少是可以引起疑问。就是拿同一个作者的作品来说，《少年维特之烦恼》叫人流泪的可能是无疑地比《浮士德》强，但是它们的价值高低决不能和叫人流泪的可能成正比例。英国诗人华兹华斯在一首诗里说过："最微小的花对于我可以引起不能用泪表达得出的那么深的思致。"用泪表达得出的思致和情感原来不是最深的，文学里面原来还有超过叫人流泪的境界。

最后，读文学作品何以就至于流泪，也很值得研究。你是为文学作品而流泪，还是为它所写的悲惨情境而流泪呢？换句话说，你的泪是艺术欣赏者的欢欣的泪，还是实际人对于实际悲痛的"同情之泪"呢？一般人读文学作品而流泪大半是后一种。他们生性爱感伤，文学让他们过一会儿瘾，他们所得的快感正犹如抽烟打吗啡针所给的快感一样，根本算不得美感。作者要产生这种快感也并非难事，在作品里多放些引起悲痛的刺激剂就行了。

眼泪是容易淌的，创造作品和欣赏作品却是难事，我想，作者们少流一些眼泪，或许可以多写一些真正伟大的作品，读者们少流一些眼泪，也或许可以多欣赏一些真正伟大的作品。

（载《大众知识》第1卷第7期，1937年1月）

文章出苦心

一件作品如果有毛病——无论是在命意布局或是在造句用字——仔细穷究，病原都在思想。思想不清楚的人做出来的文章决不会清楚。

做文章通常也叫作“写”文章，在西文中作家一向称“写家”，作品叫作“写品”。写须用手，故会做文章的人在中文里有时叫作“名手”，会读而不会做的人说是“眼高手低”。这种语文的习惯颇值得想一想。到底文章是“做”的还是“写”的呢？创造文学的动作是“用心”还是“用手”呢？

这问题实在不像它现于浮面的那么肤浅。因近代一派最占势力的美学——克罗齐派——所争辩的焦点就在此。依他们看，文艺全是心灵的活动，创造就是表现也就是直觉。这就是说，心里想出一具体境界，情趣与意象交融，情趣就已表现于那意象，而这时刻作品也就算完全成就了。至于拿笔来把心里所已想好的作品写在纸上，那并非“表现”，那只是“传达”或“记录”。表现（即创造）全在心里成就，记录则如把唱出的乐歌灌音到留声机片上去，全是物理的事实，与艺术无关。如我们把克罗齐派学说略加修正一下，承认在创造时，心里不仅想出可以表现情趣的意象而且也想出了描绘那意象的语言文字，这就是说，全部作品都有了“腹稿”，那么“写”并非“做”的一个看法大致是对的。

我提出这问题和连带的一种美学观点，因为它与作文方法有密切的关系。普通语文习惯把“写”看成“做”，认为写是“用手”，也有一个原因。一般人作文往往不先将全部想好，拈一张稿纸，提笔就写，一直写将下去。他们在写一句之前，自然也得想一番，只是想一句写一句，想一段写一段；上句未写成时，不知下句是什么，上段未写成时，不知下段是什么；到写得无可再写时，就自然终止。这种习惯养成时，“不假思索”而任笔写下去，写得不知所云，也是难免的事。文章“不通”，大半是这样来的。这种写法很普遍，学生们在国文课堂里作文，不用这个写法的似居少数。不但一般学生如此，就是有名的职业作家替报刊杂志写“连载”的稿子，往往也是用这个“急就”的办法。这一期的稿子印出来了，下一期的稿子还在未定之天。有些作家甚至连写都不写，只坐在一个沙发上随想随念，一个书记或打字员在旁边听着，随听随录，录完一个段落了就送出发表。这样做成的作品，就整个轮廓看，总难免前后欠呼应，结构很零乱。近代英美长篇小说有许多是这样做成的，所以大半没有连串的故事，也没有完整的形式。作家们甚至把“无形式”（Formlessness）当作一个艺术的信条，以为艺术原来就应该如此。这恐怕是艺术的一个厄运，有生命的东西都有一定完整的形式，首尾躯干不完全或是不匀称，那便成了一种怪物，而不是艺术。

这是一个极端，另一个极端是把全部作品都在心里想好，写只是记录，像克罗齐派美学家所主张的。苏东坡记文与可画竹，说他先有“成竹在胸”，然后铺纸濡毫，一挥而就。“成竹在胸”于是成为“腹稿”的佳话。这种办法似乎是理想的，实际上很不易做到。我自己也尝试过，只有在极短的篇幅中，像做一首绝句或律诗，我还可以把全篇完全在心里想好；如篇幅长了那就很难。它有种种不方便。第一，我们的注意力和记忆力所能及的范围有一定的限度，把几千字甚至几万字的文章都一字一句地记在心里，同时注意到每字每句每段的线索关联，并且还要一直向前思索，纵假定是可能，这种繁重的工作对于心力也未免是一种不必要的损耗。其次，这也许是我个人的心理习惯，我想到一点意思，就必须把它写下来，否则那意思在心里只是游离不定。好比打仗，想出一个意思是夺取一块土地，把它写下来就像筑一座堡垒，可以把它守住，并且可以做进一步袭击的基础。第三，写自身是一个集中注意力的助力，既在写，心思就不易旁迁他涉。还不仅此，写成的字句往往可以成为思想的刺激剂，我有时本来已把一段话预先想好，可是把它写下来时，新的意思常源源而来，结果须把预定的一段话完全改过。普通所谓“由文生情”与“兴会淋漓”，大半在这种时机发现。只有在这种时机，我们才容易写出好文章。

我个人所采用的是全用腹稿和全不用腹稿两极端的一种折中办法。在定了题目之后，我取一张纸条摆在面前，抱着那题目四方八面地想。想时全凭心理学家所谓“自由联想”，不拘大小，不问次序，想得一点意思，就用三五个字的小标题写在纸条上，如此一直想下去，一直记下去，到当时所能想到的意思都记下来了为止。这种寻思的工作做完了，我于是把杂乱无章的小标题看一眼，仔细加一番衡量，把无关重要的无须说的各点一齐丢开，把应该说的选择出来，再在其中理出一个线索和次第，另取一张纸条，顺这个线索和次第用小标题写成一个纲要。这纲要写好了，文章的轮廓已具。每小标题成为一段的总纲。于是我依次第逐段写下去。写一段之先，把那一段的话大致想好，写一句之先，也把那一句的话大致想好。这样写下去时，像上面所说的，有时有新意思涌现，我马上就修改。一段还没有写妥时，我决不把它暂时摆下，继续写下去。因此，我往往在半途废去了很多稿纸，但是一篇写完了，我无须再誊清，也无须大修改。这种折中的办法颇有好处，一则纲要先想好，文章就有层次，有条理，有轻重安排，总之，就有形式；二则每段不预先决定，任临时触机，写时可以有意到笔随之乐，文章也不至于过分板滞。许多画家作画，似亦采取这种办法。他们先画一个大轮廓，然后逐渐填枝补叶，显出色调线纹阴阳向背。预定轮廓之中，仍可有气韵生动。

寻思是作文的第一步重要工作，思有思路，思路有畅通时也有蔽塞时。大约要思路畅通，须是精力弥满，脑筋清醒，再加上风日清和，窗明几净，临时没有外扰败兴、杂念萦怀。这时候静坐凝思，新意自会像泉水涌现，一新意酿成另一新意；如果辗转生发，写作便成为人生一件最大的乐事。一般“兴会淋漓”的文章大半都是如此做成。提笔作文时最好能选择这种境界，并且最好能制造这种境界。不过这是理想，有时这种境界不容易得到，有时虽然条件具备，文思仍然蔽塞。在蔽塞时，我们是否就应放下呢？抽象的理论姑且丢开，只就许多著名的作家的经验来看，苦思也有苦思的收获。唐人有“吟成一个字，捻断数茎须”的传说，李白讥诮杜甫说：“借问近来太瘦生，总为从来作诗苦。”李长吉的母亲说“呕出心肝乃已”。福楼拜有一封信札，写他著书的艰难说：“我今天弄得头昏脑晕，灰心丧气。我做了四个钟头，没有做出一句来。今天整天没有写成一行，虽然涂去了一百行。这工作真难！艺术啊，你是什么恶魔？为什么要这样咀嚼我们的心血？”但是他们的成就未始不从这种艰苦奋斗得来。元遗山与张仲杰论文诗说:“文章出苦心，谁以苦心为？”大作家看重“苦心”，于此可见。就我个人所能看得到的来说，苦心从不会白费的，思路太畅时，我们信笔直书，少控制，常易流于浮滑；苦思才能剥茧抽丝，鞭辟入里，处处从深一层着想，才能沉着委婉，此其一。苦思在当时或许无所得，但是在潜意识中它的工作仍在酝酿，到成熟时可以“一旦豁然贯通”，普通所谓“灵感”大半都先经苦思的准备，到了适当时机便突然涌现，此其二。难关可以打通，平路便可驰骋自如。苦思是打破难关的努力，经过一番苦思的训练之后，手腕便逐渐娴熟，思路便不易落平凡，纵遇极难驾驭的情境也可以手挥目送，行所无事，此其三。大抵文章的畅适境界有两种，有生来即畅适者，有经过艰苦经营而后畅适者。就已成功的作品看，好像都很平易，其实这中间分别很大，入手即平易者难免浮浅，由困难中获得平易者大半深刻耐人寻味，这是铅锡与百炼精钢的分别，也是袁简斋与陶渊明的分别。王介甫所说的“看似寻常最奇崛，成如容易却艰辛”，是文章的胜境。

作文运思有如抽丝，在一团乱丝中拣取一个丝头，要把它从错杂纠纷的关系中抽出，有时一抽即出，有时须绕弯穿孔解结，没有耐心就会使紊乱的更加紊乱。运思又如射箭，目前悬有鹄的，箭朝着鹄的发，有时一发即中，也有因为瞄准不正确，用力不适中，箭落在离鹄的很远的地方，习射者须不惜努力尝试，多发总有一中。

这譬喻不但说明思路有畅通和艰涩的分别，还可说明一个意思的涌现，固然大半凭人力，也有时须碰机会。普通所谓“灵感”，虽然源于潜意识的酝酿，多少也含有机会的成分。大约文艺创作的起念不外两种。一种是本来无意要为文，适逢心中偶然有所感触，一种情境或思致，觉得值得写一写，于是就援笔把它写下来。另一种是预定题目，立意要做一篇文章，于是抱着那题目想，想成熟了然后把它写下。从前人写旧诗标题常用“偶成”和“赋得”的字样，“偶成”者触兴而发，随时口占，“赋得”者定题分韵，拈得一字，就用它为韵做诗。我们可以借用这个术语，把文学作品分为“偶成”和“赋得”两类。“偶成”的作品全凭作者自己高兴，逼他写作的只有情思需要表现的一个内心冲动，不假外力。“赋得”的作品大半起于外力的催促，或是要满足一种实用的需要，如宣传、应酬、求名谋利、练习技巧之类。按理说，只有“偶成”作品才符合纯文学的理想，但是在事实上现存的文学作品大半属于“赋得”的一类，细看任何大家的诗文集就可以知道。“赋得”类也自有好文章，不但应酬唱和诗有好的，就是策论、奏疏、墓志铭之类也未可一概抹杀。一般作家在练习写作时期常是做“赋得”的工作。“赋得”是一种训练，“偶成”是一种收获。一个作家如果没有经过“赋得”的阶段，“偶成”的机会不一定有，纵有也不会多。

“赋得”所训练的不仅是技巧，尤其是思想。一般人误信文学与科学不同，无须逻辑的思考。其实文学只有逻辑的思考固然不够，没有逻辑的思考却也决不行。诗人柯尔律治在他的《文学传记》里眷念一位无名的老师，因为从这老师的教诲，他才深深地了解极放纵的诗还是有它的逻辑。我常觉得，每一个大作家必同时是他自己的严厉的批评者。所谓“批评”就要根据逻辑的思想和文学的修养。一件作品如果有毛病——无论是在命意布局或是在造句用字——仔细穷究，病源都在思想。思想不清楚的人做出来的文章决不会清楚。

思想的毛病除了精神失常以外，都起于懒惰，遇着应该分析时不仔细分析，应该斟酌时不仔细斟酌，只图模糊敷衍，囫囵吞枣混将过去。练习写作第一件要事就是克服这种心理的懒怠，随时彻底认真，一字不苟，肯朝深处想，肯向难处做。如果他养成了这种谨严的思想习惯，始终不懈，他决不会做不出好的文章。

（原题《作文与运思》，选自《谈文学》，
1946 年，开明书店出版）

游戏与娱乐

游戏和娱乐的缺乏不仅是生命力枯涸的征兆，简直是生命力枯涸的原因。

朋友：

前信谈民族的生命力，意尚有未尽，现在再说几句话来补充。

精神的衰落由于体格的羸弱；要想振作精神，先要设法强健身体；要想强健身体，不能不求运动的普遍化。这个道理本极浅近，许多人因为它浅近而忽视它的重要，所以我在前信中反复陈之。今天我所要补充的话是关于游戏与娱乐的。我的要旨可以用一两句话说完：无论是民族或是个人，生命力的富裕都流露于游戏与娱乐，所以如果你要观察一个人或是一个民族有无生气，游戏与娱乐是最好的试水准。中国民族现在已走到衰残老朽无生气的地步，最显著的征兆就在缺乏正当的游戏和娱乐。这是一般人所承认的。我以为我们还可以进一步说：游戏和娱乐的缺乏不仅是生命力枯涸的征兆，简直是生命力枯涸的原因。前信所说的运动只能算是游戏与娱乐中的一个小节目。如果我们想把中国民族改造成一种活泼有生气的民族，只提倡运动还不够，我们应该多多注意一般的游戏和娱乐。

让我们看看欧美人的生活！他们每天工作都有一定的时间，一到下了工，无论是男的女的，老的少的，贫的富的，都如醉如狂地各寻各的娱乐：看戏、跳舞、听音乐、打球、逛公园、上咖啡馆，一玩就玩一个痛快；到第二天起来，又抖擞精神，各做各的工作，一做也就做一个痛快。一到礼拜天或是其他假期，他们简直像学童散学，或是囚犯出牢似的，说不出来那一股快乐劲儿。有钱的人坐头等车到海滨去洗澡晒太阳，没有钱的人也背一袋干粮徒步走到附近的山上或河边，过一天痛快的逍遥生活。我从前住法国时，曾寄居在一个乡下人家，主人是一个寻常的工人，所赚的工资恰够维持家用，看他处处都很节省，但是一到假期，他总是把一礼拜中辛苦所挣的些微储蓄花在娱乐方面。他虽然是很穷，生活却过得很舒适。到晚间来，他的妻子要弹一阵子钢琴，他的小孩要唱几曲歌，玩几种把戏，他自己要讲一段故事，说几句笑话。一家四五口人居然过得很热闹，很快活。在这种小家庭中你绝对感觉不到单调乏味或是寂寞。总之，无论是在野外，在公共娱乐场，或是在家庭里面，他们处处都流露一种蓬蓬勃勃的生气，个个人都觉得生活是一件乐事，因为个个人都知道怎样生活。

让我们回头看看我们中国人的生活！大多数小百姓整天整年地像牛马一样地劳作，肩背上老是感觉到生活的压迫，面孔上老是表现奔波劳碌所酿成的憔悴，没有一刻休息的时间，更谈不到什么消遣和娱乐。许多人都在夸奖中国人这种刻苦耐劳的本领，不知道刻苦耐劳固然可钦佩，过分劳苦的生活也是剥削民族元气的刀锯。弓有弛才能有张，张而不弛，过了一定的限度必定裂断，至少也要失去它的弹性与射击力。中国民族生活就像永远是攀满弦的弓，现在似乎已逼近筋疲力尽的日子了。姑就工作的效率说，学过心理学的人都知道，接连做 12 点钟的工不如拿 6 点钟来休息寻娱乐，以剩下的 6 点钟去聚精会神地工作。所以欧美人虽然每天只做 8 小时左右的工，而效率反比我们整天做得不歇大得多。我们一般中国人，做既然没好好地做，玩也没有好好地玩，只不松不紧地拖下去，结果是弄得体力俱敝而事无所成。这是中国社会一个极严重的病象，如果掌政教之责的人们一日不觉悟到它的严重性而急谋救药，我相信中国民族就一日没有恢复生命力的希望。

生命是需要流动变化而厌恶单调板滞的。地下的泉水要流通才能兴旺。它愈有机会发泄，就愈源源不绝地涌出。如果你把它的出口塞住，它不是停蓄淤滞，就是泛滥横流。人的生命力也是如此。人生来就有种种本能，情欲和其他自然倾向，每种都有一种潜力附丽在上面，这种潜力正如泉水，要流通发泄，才能生发不穷。弗洛伊德派心理学很明白地告诉我们：近代人的许多心理变态都起于人性的自然要求不得适当的满足。所以新近哲学家们都以为最健全的人生理想是多方面的自由发展；压抑某一部分性格，让另一部分性格畸形发展，是一种最误事的办法。不幸得很，我们中国人以往所采取的恰是这种最误事的办法。小孩子生下来就要受种种束缚和钳制，许多健康人所必有的自然冲动老早就被压抑下去，还未少年，便已老成。到了老成，束缚更多。尤其是受过教育的人们要扮一副儒雅严肃面孔，一辈子不能痛痛快快地过一天自然人的生活。游戏便是轻薄，娱乐全不正经。“人生而静天之性”，所以“静”到老到死是最高的理想。我常想，中国人在精神方面尽是一些驼子跛子瞎子，四肢挛曲，五官不全，好比园中的花木，全被花匠用人工弯扭成种种不自然的形状，他们的生活干枯，他们的容貌憔悴，他们的文化衰落，都是事有必至，理有固然的。

游戏与娱乐是人生自然需要，中国人绝不是例外。有这种需要而没有这种机会，于是种种变态的不正当的满足的方法就起来了。外国人有闲工夫就去泅水打球爬山逛公园，中国人有闲工夫就守着方桌打麻将，躺在床上抽大烟，或是在酒馆里吃得一肚子油腻之后，醉醺醺地跑到窑子里抱妓女，比较新式的也不过是挤到肉臭熏天的电影院和跳舞场里去凑热闹。我可以说，中国人所有的娱乐都是文化衰落后的病态的象征，它们的功用不在调剂生活的单调，求多方面的发展，而在姑图一时的强刺激和麻醉，与吗啡针绝对没有分别。

我说正当的游戏和娱乐的缺乏足证中国文化的衰落与民族生命力的枯竭，听者也许以为过甚其辞。其实我们如果稍稍研究古代中国人的生活状况，就知道这是不可逃避的结论。在古代小学教育中六艺是必修科，其中不但射御，就是礼乐书数也多少含有游戏与娱乐的性质。公私宴会中奏乐、唱歌、投壶、跳舞往往是必有的节目，平民娱乐如博箭、摴蒲、斗鸡、走狗、击剑、跳丸、履絙、戏车、弄马、藏钩、射覆、击钱、掷豆等五花八门，简直数不清楚。孔子有一天叫门人们谈各人的志向。曾点说："暮春者春服既成，冠者五六人，童子六七人，浴乎沂，风乎舞雩，咏而归。"孔子听了特别赞赏他说，"吾与点也！"可见古代儒家也并不提倡不近人情的枯燥生活。我们现在回头看看，古书中所载的许多游艺杂技有几种保存到现在？拿现代中国人的生活比周秦时代的生活，相差有几远？中国人本来欢喜唱歌，现在已失去唱歌的习惯；本来欢喜跳舞，现在已失去跳舞的习惯；本来欢喜射御以及许多其他杂艺，现在这些杂艺变为士大夫所不齿的“鄙事”。你说这不是文化衰落的征兆？最显著的是乐歌的灭亡。乐歌是生气的最真切的表现。世界上没有一个有生气的民族不欢喜唱歌奏乐，而中国民族在世界中可说已经退化成为最不会唱歌奏乐的民族。别说这是小事！它比一般人所慨叹的“人心不古，世道沦夷”还更可危惧，因为浪子终可回头，而老朽是必趋于枯死。

我有许多幼年时代的英俊的同学现在都在抽大烟，或是整天地打麻将，逛窑子。想到他们，我不禁慨叹一个人在中国何其容易毁；同时，也替未来的许多英俊青年栗栗危惧。谁敢说将来中国没有一天会亡于鸦片与麻将？政府在高唱禁烟禁赌，我以为这还是治标的办法，治本的办法是提倡多方面的正当游戏和娱乐。许多事情都由习惯养成，比如外国传来的跳舞，许多年轻男女都已学会了，难道许多其他比较有益的玩艺就学不会吗？唱歌、弹琴、爬山、泅水、划船、打球、骑马、野餐旅行，哪一件不比抽鸦片打麻将强？谁不知抽鸦片打麻将是坏事？但是在中国生活真枯燥，许多人都被单调和厌倦逼得睁着眼睛下火坑。如有正当的娱乐，许多坏嗜好是不禁自禁的。

一个人如果有正当的游戏和娱乐，对于生活兴趣一定浓厚，心境一定没有忧郁或厌倦，精神一定发扬活泼，做事一定能勇往直前。一个民族如果相习成风地嗜好正当的游戏和娱乐，它的生气一定是蓬蓬勃勃的，文化衰落后的种种变态的不康健的恶习一定不能传染到它身上。所以在今日中国青年图谋民族复兴应注意的事项中，我把游戏和娱乐摆在一个极重要的地位。我奉劝我所敬爱的青年们都趁早学几种游戏，寻几种有益身心的娱乐的方法，多唱歌，多驰马试剑，别再像我们这一辈子人们天天在房子里枯坐着，埋怨生活单调苦闷！

光　潜

（原题为《游戏与娱乐——给〈申报周刊〉的青年读者（四）》，载《申报周刊》第1卷第39期，1936年10月）

在混乱中创秩序

大处着眼，小处下手。时时刻刻都用力去从紊乱中创出秩序，无论你的力量所达到的范围是一间屋，一条街，一个乡村或是一个国家。你能如此,旁人也都能如此（旁人的事你暂且莫管），社会自然有秩序，中国事也自然会改头换面了。

朋友：

在上次信里，我反复说明现代青年应该认清现在和抓住现在，因为我觉得中国已经到了生死存亡的关头，青年们不容再有迟疑观望的余地了。如果我们这一代人再不振作，中国是恐怕就永无救药了。每个人都能见到这层，所缺乏的是抓住现在的决心与毅力。

现在中国社会的最大病象，在每个人都埋怨旁人而同时又在跟旁人一样因循苟且。大家都在想：中国社会积弊太深，多数人都醉生梦死，得过且过，纵然有一二人想抵抗潮流，特立独行，也无济于事，倒不如随波逐流，尽量谋个人的安乐。如果中国真要亡的话，那也是“天倒大家当”！

这种心理是普遍的，也是致命的。要想中国起死回生，我们青年首先应丢开这种心理。我们应明白：社会越恶浊越需要有少数特立独行的人们去转移风气。一个学校里学生纵然十人有九人奢侈，一个俭朴的学生至少可以显出奢侈与俭朴的分别；一个机关的官吏纵然十人有九人贪污，一个清廉的官吏至少可以显出贪污与清廉的分别。好坏是非都由相形之下见出。一个社会到了腐败的时候，大家都跟着旁人向坏处走，没有一个人反抗潮流，势必走到一般人完全失去好坏是非分别的意识，而世间便无所谓羞耻事了。所以全社会都坏时，如果有一个好人存在，他的意义与价值是不可测量的。

自己不肯做好人，不肯努力奋斗，只埋怨环境恶劣，不容自己做好人，这种人对于自己全不肯负责任，没有勇气担当自己的过失。他们的最恰当的名号是——“懦夫”！朋友，你抚躬自问，你能否很忠实大胆地向自己的良心说“我不是这种懦夫”呢？

现在许多青年都埋怨环境，揣其心理，是希望环境生来就美满，使他们一帆风顺地达到成功的目标。环境永远不会美满的。万一它生来就美满，所谓“成功”乃是“不劳而获”，或者说得更痛快一点，乃是像猪豚一样，“被饲而肥”。所以埋怨环境的心理，充其究竟，只是希望过猪豚生活的心理。人比猪豚较高一着，就全在他能不安于秽浊的环境，有一颗灵心，有一股勇气，要去征服自然，改造自然。

据宗教的传说，太初一切皆紊乱（chaos），上帝从紊乱中创出秩序（order），才有宇宙。我很喜欢这个传说，它的历史的真实性姑且不问，它对于人生却无疑地具有一种感发兴起的力量。人的一切有意义有价值的活动，像上帝创世一样，都是从紊乱中创出秩序。人的特长是思想。思想，无论是哲学和科学的，或是日常实用的，都是把本来紊乱的知觉或印象加以秩序化。比如说一个审判官断案，把所有的繁复的事实摆在一块参观互较，找出条理线索来，于是本来散漫的东西都连续起来，成为案情的证据，这就是思想的好例。艺术创作也是思想活动的一种。自然界的材料，无论是内心生活或是外界现象，初呈现于观感时原来都很紊乱，艺术家运用心灵的综合，逐渐把它们理出一个秩序来，创出一个形式来，于是才有艺术作品——一篇文章，一幅画或是一座像。推广一点来说，一切人工设施，一切社会制度，一切合理的生活，都是一种艺术，都是从紊乱中所挣扎出来的秩序。

现在中国社会是一团紊乱，谁也承认。它能否达到秩序，就看中国青年有没有艺术家的要求秩序的热忱以及创造秩序的灵心妙手，从这团紊乱中雕琢一种有秩序的形式出来。凡是紊乱都须经过一番整理，才能现出秩序。现在中国人的大病就在不下手做整理的功夫，只望着目前的紊乱发呆，或是怨天尤人。

我也常拿从紊乱中创秩序的必要和青年朋友们说，他们总是将信将疑。他们闪避责任的借口不外是个人的力量有限。他们想：秩序是全体的事，社会全体紊乱，纵有少数人在局部中创出秩序来，仍无补于全体的紊乱。筹划社会全体的秩序是握有政权者的职责，吾侪小民手无寸铁，对着临头大难，只有束手待毙而已。这种心理仍是希望有“真明天子”出来救中国的心理。“真明天子”是一个渺茫的幻象，纵然他出来了，小百姓们都不是奋发有为的材料，他一个人能把中国事情弄好吗？你如果把现在中国一切灾祸都归咎于政府，你对于这种灾祸之源的政府不设法制裁，它的存在根于你的容忍，到底它的误国的责任还要回到你自己的身上来。如果你说个人无组织，不能做出事来，谁教你不去组织，不去团结，不去造成能表现民意的势力呢？现代各民治国家所享受的自由都不是“天赋的”，都是人民自己挣扎奋斗得来的。你想想看英国的《大宪章》、法国的《人权宣言》、美国的独立，以及苏俄的经济制度的革命，哪一件不是从紊乱中所创出的秩序？哪一件不是人民自己努力奋斗的代价？

全体的紊乱固然可以妨碍局部的秩序，局部的紊乱也未见得可以造成全体的秩序。无论政论家怎么说，我始终坚信全体的秩序要以局部的秩序为基础。清道夫能尽清道的职，警察能尽警察的职，每个行人都守他所应守的规则，一条街道自然有秩序了。一个机关，一个乡村，或是一个国家也是如此。士农工商官吏军警都公而忘私，各尽其责，社会就绝不会有紊乱的现象了。

一般青年都不免有几分夸大狂心理，常想到自己做了大总统或是什么总长，中国事就有办法，而他自己的作为也就来了。这是从前人所夸奖的“有大志”，而我们现代青年所应该痛恨深恶的怯懦（因为不敢担负目前的责任）和虚伪（因为夸大是自欺欺人）。一个农家子弟鄙视耕种，一个商家子弟鄙视贸易，或是一个清寒子弟一定要进大学出洋争头衔，多少都是怯懦和虚伪的表现。要做事何处不可做，何必一定要做大总统？要造学问或地位何处不可造，何必一定要大学或留学的头衔？一种职业只要是有益于社会，纵然是挑大粪，或是补破皮鞋，应该和做总统或当大学教授享同样的尊重。把同是有益的职业加以高低评价，是封建社会和虚骄心理的流毒。没有哪一国的青年比中国青年中这种流毒更深。现代中国青年如果要谋心理改造，我以为首先应铲除这种流毒。应该认清事业只有益与害的分别，没有贵与贱的分别。

在孙中山先生所说的许多话中最使我念念不忘的，不是他的《建国方略》或是《遗嘱》，而是他在香港大学演讲时所说的一段自供。

他在少年时嫌他住的中山（那时叫香山）县的街道龌龊，就自己去做清道夫，拿扫帚去把他的门前和邻近的街道逐渐扫干净。这就是我所说的“在紊乱中创秩序”。孙先生后来奔走革命，仍然不过是本着这种厌恶紊乱要求秩序的精神。在平民的地位，他能够扫清污浊的街道；在握政权的地位，他就能筹划洗清政治上的种种紊乱。在未握政权之前，你且莫作握政权以后的夸大语，或是埋怨现在握权的人，你且自问：现在你能力范围以内的事你是否都尽力做过。

你说你现在无事可做吗？你的书桌应该理，你的卧室应该检点干净，你的村子里应该多栽几棵树，你的邻坊子弟不识字的太多，你乡里还有许多土豪劣绅敲诈唆讼，你的表兄还在抽鸦片烟，你的外祖母还说曹锟在做大总统……这些数不尽的事不都是你的事吗？

大处着眼，小处下手。时时刻刻都用力去从紊乱中创出秩序，无论你的力量所达到的范围是一间屋，一条街，一个乡村或是一个国家。你能如此，旁人也都能如此（旁人的事你暂且莫管），社会自然有秩序，中国事也自然会改头换面了。

朋友，让我复述前信中的话，从今日起，从此地起，从你自己起！把你目前一切紊乱都按部就班地化成秩序！这是我对于你的最虔敬的祝福语。

光　潜

（原题为《在混乱中创秩序——给〈申报周刊〉的青年读者（二）》，载《申报周刊》第1卷第53期，1936年8月）

自己在欢喜时，大地山河都在扬眉带笑；自己在悲伤时，风云花鸟都在叹气凝愁。

///

现实界处处有障碍有限制，理想界是天空任鸟飞，极空阔极自由的。

何为爱情？世间有许多奥秘，人心有许多灵悟，都非言语可以表达，一经言语道破，反如甘蔗渣滓，索然无味。

美不仅在物，亦在于心，它在心与物的关系上面。

一件本来惹人嫌恶的事情，如果你把它推远一点看，往往可以成为很美的意象。

///

人类比其他物种痛苦，就是因为人类把自己看得比其他物种重要。

///

我们所居的世界是最完美的，就因为它是最不完美的。

灵感在潜意识中好比桑叶到了蚕腹，经过一番咀嚼组织而成丝，丝虽然已不是桑叶而却是从桑叶变来的。

学艺四境

作文如写字，养成纯正的手法不易，丢开恶劣的手法更难。孤陋寡闻的人往往辛苦半生，没有摸上正路，到发现自己所走的路不对时，已悔之太晚，想把“先入为主”的恶习丢开，比走回头路还更难更冤枉。

文学是一种很艰难的艺术，从初学到成家，中间须经过若干步骤，学者必须循序渐进，不可一蹴而就。拿一个比较浅而易见的比喻来讲，作文有如写字。在初学时，笔拿不稳，手腕运用不能自如，所以结体不能端正匀称，用笔不能平实遒劲，字常是歪的，笔锋常是笨拙扭曲的。这可以说是“疵境”，特色是驳杂不稳，纵然一幅之内间或有一两个字写得好，一个字之内间或有一两笔写得好，但就全体看去，毛病很多。每个人写字都不免要经过这个阶段。如果他略有天资，用力勤，多看碑帖笔迹（多临摹，多向书家请教），他对于结体用笔，分行布白，可以学得一些规模法度，手腕运用的比较灵活了，就可以写出无大毛病、看得过去的字。这可以说是“稳境”，特色是平正工稳，合于规模法度，却没有什么精采，没有什么独创。多数人不把书法当作一种艺术去研究，只把它当作日常应用的工具，就可以到此为止。如果想再进一步，就须再加揣摩，真草隶篆各体都须尝试一下，各时代的碑版帖札须多读多临，然后荟萃各家各体的长处，造成自家所特有的风格，写成的字可以算得艺术作品，或奇或正，或瘦或肥，都可以说得上“美”。这可以说是“醇境”，特色是凝炼典雅，极人工之能事，包世臣和康有为所称的“能品”“佳品”都属于这一境。但是这仍不是极境，因为它还不能完全脱离“匠”的范围，任何人只要一下功夫，到功夫成熟了，都可以达到。最高的是“化境”，不但字的艺术成熟了，而且胸襟学问的修养也成熟了，成熟的艺术修养与成熟的胸襟学问的修养融成一片，于是字不但可以见出驯熟的手腕，还可以表现高超的人格；悲欢离合的情调，山川风云的姿态，哲学宗教的蕴藉，都可以在无形中流露于字里行间，增加字的韵味。这是包世臣和康有为所称的“神品”“妙品”，这种极境只有极少数幸运者才能达到。

作文正如写字。用字像用笔，造句像结体，布局像分行布白。习作就是临摹，读前人的作品有如看碑帖墨迹，进益的程序也可以分“疵”“稳”“醇”“化”四境。这中间有天资和人力两个要素，有不能纯借天资达到的，也有不能纯借人力达到的。人力不可少，否则始终不能达到“稳境”和“醇境”；天资更不可少，否则达到“稳境”和“醇境”有缓有速，“化境”却永远无法望尘。在“稳境”和“醇境”，我们可以纯粹就艺术而言艺术，可以借规模法度作前进的导引；在“化境”，我们就要超出艺术范围而推广到整个人的人格以至整个的宇宙，规模法度有时失其约束的作用，自然和艺术的对峙也不存在。如果举实例来说，在中国文字中，言情文如屈原的《离骚》，陶渊明和杜工部的诗，说理文如庄子的《逍遥游》《齐物论》和《楞严经》，记事文如太史公的《项羽本纪》《货殖传》和《红楼梦》之类作品都可以说是到了“化境”,其余许多名家大半止于“醇境”或是介于“化境”与“醇境”之间，至于“稳境”和“疵境”都无用举例，你我就大概都在这两个境界中徘徊。

一个人到了艺术较高的境界，关于艺术的原理法则无用说也无可说；有可说而且需要说的是在“疵境”与“稳境”。从前古文家有奉“义法”为金科玉律的，也有攻击“义法”论调的。在我个人看，拿“义法”来绳“化境”的文字，固近于痴人说梦；如果以为学文艺始终可以不讲“义法”，就未免更误事。记得我有一次和沈尹默先生谈写字，他说：“书家和善书者有分别，世间尽管有人不讲规模法度而仍善书，但是没有规模法度就不能成为一个真正的书家。”沈先生自己是“书家”，站在书家的立场他拥护规模法度，可是仍为“善书者”留余地,许他们不要规模法度。这是他的礼貌。我很怀疑“善书者”可以不经过揣摩规模法度的阶段。我个人有一个苦痛的经验。我虽然没有正式下功夫写过字，可是二三十年来没有一天不在执笔乱写，我原来也相信此事可以全凭自己的心裁，苏东坡所谓“我书意造本无法”，但是于今我正式留意书法，才觉得自己的字太恶劣，写过几十年的字，一横还拖不平，一竖还拉不直，还是未脱“疵境”。我的病根就在从头就没有讲一点规模法度，努力把一个字写得四平八稳。我误在忽视基本功夫，只求要一点聪明，卖弄一点笔姿，流露一点风趣。我现在才觉悟“稳境”虽平淡无奇，却极不易做到，而且不经过“稳境”，较高的境界便无从达到。文章的道理也是如此,韩昌黎所谓“醇而后肆”是作文必循的程序。由“疵境”到“稳境”那一个阶段最需要下功夫学规模法度，小心谨慎地把字用得恰当，把句造得通顺，把层次安排得妥帖，我作文比写字所受的训练较结实，至今我还在基本功夫上着意，除非精力不济，注意力松懈时，我必尽力求稳。

稳不能离规模法度。这可分两层说，一是抽象的，一是具体的。抽象的是文法、逻辑以及古文家所谓“义法”，西方人所谓文学理论和文学批评。在这上面再加上一点心理学和修辞学常识，就可以对付了。抽象的原则和理论本身并没有多大功用，它的唯一的功用在帮助我们分析和了解作品。具体的规模法度须在模范作品中去找。文法、逻辑、义法等在具体实例中揣摩，也比较更彰明较著。从前人说：“熟读唐诗三百首，不会吟诗也会吟。”语调虽卑，却是经验之谈。为初学说法，模范作品在精不在多，精选熟读透懂，短文数十篇，长著三数种，便已可以作为达到“稳境”的基础。读每篇文字须在命意、用字、造句和布局各方面揣摩；字、句、局三项都有声义两方面，义固重要，声音节奏更不可忽略。既叫作模范，自己下笔时就要如写字临帖一样，亦步亦趋地模仿它。我们不必唱高调轻视模仿，古今大艺术家，据我所知，没有不经过一个模仿阶段的。第一步模仿，可得规模法度，第二步才能集合诸家的长处，加以变化，造成自家所特有的风格。

练习作文，一要不怕模仿，二要不怕修改。多修改，思致愈深入，下笔愈稳妥。自己能看出自己的毛病才算有进步。严格地说，自己要说的话是否从心所欲地说出，只有自己知道，如果有毛病，也只有自己知道得最清楚，所以文章请旁人修改不是一件很合理的事。丁敬礼向曹子建说：“文之佳恶，吾自得之，后世谁相知定吾文者耶？”杜工部也说：“文章千古事，得失寸心知。”大约文章要做得好，必须经过一番只有自己知道的辛苦，同时必有极谨严的艺术良心，肯严厉地批评自己，虽微疵小失，不肯轻易放过，须把它修到无疵可指，才能安心。不过这番话对于未脱“疵境”的作者恐未免是高调。据我的观察，写作训练欠缺者通常有两种毛病：第一是对于命意用字造句布局没有经验，规模法度不清楚，自己的毛病自己不能看出，明明是不通不妥，自己却以为通妥；其次是容易受虚荣心和兴奋热烈时的幻觉支配，对自己不能作客观的冷静批评，仿佛以为在写的时候既很兴高采烈，那作品就一定是杰作，足以自豪。只有良师益友，才可以医治这两种毛病。所以初学作文的人最好能虚心接受旁人的批评，多请比自己高明的人修改。如果修改的人肯仔细指出毛病，说出应修改的理由，那就可以产生更大的益处。作文如写字，养成纯正的手法不易，丢开恶劣的手法更难。孤陋寡闻的人往往辛苦半生，没有摸上正路，到发现自己所走的路不对时，已悔之太晚，想把“先入为主”的恶习丢开，比走回头路还更难更冤枉。良师益友可以及早指点迷途，引上最平正的路，免得浪费精力。

自己须经过一番揣摩，同时又须有师友指导，一个作者才可以逐渐由“疵境”达到“稳境”。“稳境”是不易达到的境界，却也是平庸的境界。我认识许多前一辈子的人，幼年经过科举的训练，后来借文字“混差事”，对于诗文字画，件件都会，件件都很平稳，可是老是那样四平八稳，没有一点精采，不是“庸”，就是“俗”，虽是天天在弄那些玩艺，却到老没有进步。他们的毛病在成立了一种定型，便老守着那种定型，不求变化。一稳就定，一定就一成不变，由熟以至于滥，至于滑。要想免去这些毛病，必须由“稳境”重新尝试另一风格。如果太熟，无妨学生硬；如果太平易，无妨学艰深；如果太偏于阴柔，无妨学阳刚。在这样变化已成风格时，我们很可能地回到另一种“疵境”，再由这种“疵境”进到“熟境”，如此辗转下去，境界才能逐渐扩大，技巧才能逐渐成熟，所谓“醇境”大半都须经过这种“精钢百炼”的功夫才能达到。比如写字，入手习帖的人易于达到“稳境”，可是不易达到很高的境界。稳之后改习唐碑可以更稳，再陆续揣摩六朝碑版和汉隶秦篆以至于金文甲骨文，如果天资人才都没有欠缺，就必定有“大成”的一日。

这一切都是“匠”的范围以内的事，西文所谓“手艺”（Craftsmanship）。要达到只有大艺术家所能达到的“化境”，那就还要在人品学问各方面另下一套更重要的功夫。我已经说过，这是不能谈而且也无用谈的。本文只为初学说法，所以陈义不高，只劝人从基本功夫下手，脚踏实地循序渐进地做下去。

（原题《精进的程序》，
选自《谈文学》，1946年，开明书店出版）

Chapter 4

第四辑：厚积而薄发

谈青年的心理病态

这题目是一位青年读者提议要我谈的。他的这个提议似显示青年们自己感觉到他们在心理上有毛病。这毛病究竟何在，是怎样酝酿成的，最好由青年们自己做一个虚心的检讨。我是一个中年人，和青年人已隔着一层，现时代和我当青年的时代也迥然有别，不能全据私人追忆到的经验，刻舟求剑似的去臆测目前的事实。我现在所谈的大半根据在教书任职时的观察，观察有时不尽可据，而且我的观察范围限于大学生。我希望青年读者们拿这旁观者的分析和他们自己的自我检讨比较，并让我知道比较的结果。这于他们自己有益，于我更有益。

一个人的性格形成，大半固靠自己的努力，环境的影响也不可一笔抹杀。“豪杰之士虽无文王犹兴”，但是多数人并非豪杰之士，就不能不有所凭借。很显然地，现时一般青年所可凭借的实太薄弱。他们所走的并非玫瑰之路。

先说家庭。多数青年一入学校，便与家庭隔绝，尤其是来自沦陷区域的。在情感上他们得不到家庭的温慰。抗战期中一般人都感受经济的压迫，衣食且成问题，何况资遣子弟受教育。在经济上他们得不到家庭的援助。父兄既远隔，又各个为生计所迫，终日奔波劳碌，既送子弟入学校，就把一切委托给学校，自己全不去管。在学业品行上他们得不到家庭的督导。这些还只是消极的，有些人能受到家庭影响的，所受的往往是恶影响。父兄把教育子弟当作一种投资，让他们混资格去谋衣食，子弟有时顺承这个意旨，只把学校当作进身之阶，此其一。父兄有时是贪官污吏或土豪劣绅，自己有许多恶习，让子弟也染着这些恶习，此其二。中国家庭向来是多纠纷，而这种纠纷对于青年人常是隐痛，易形成心理的变态，此其三。

次说社会国家。中国社会正当新旧交替之际，过去封建时代的许多积弊恶习还没有涤除净尽，贪污腐败欺诈凌虐的事情处处都有。青年人心理单纯，对于复杂的社会不能了解。他们凭自己的单纯心理，建造一种难于立即实现的社会理想，而事实却往往与这理想背驰，他们处处感觉到碰壁，于是失望、惊疑、悲观等情绪源源而来。其次，青年人富于感受性，少定见，好言是非而却不真能辨别是非，常轻随流俗转移，有如素丝，染于青则青，染于黄则黄。社会既腐浊，他们就不知不觉地跟着它腐浊。总之，目前环境对于纯洁的青年是一种恶性刺激，对于意志薄弱的青年是一种恶性引诱。加以国家处在危难的局面，青年人心里抱着极大的希望，也怀着极深的忧惧。他们缺乏冷静的自信，任一股热情鼓荡，容易提升到高天，也容易降落到深渊。一个人迭次经过这种疟疾式的暖冷夹攻，自然容易变成虚弱，在身体方面如此，在精神方面也如此。

再次说学校。教育必以发展全人为宗旨，德育、智育、美育、群育、体育五项应同时注重。就目前实际状况说，德育在一般学校等于具文，师生的精力都集中于上课，专图授受知识，对于做人的道理全不讲究。优秀青年感觉到这方面的缺乏而彷徨，顽劣青年则放纵恣肆，毫无拘束。即退一步言智育，途径亦多错误，灌输多于启发，浅尝多于深入，模仿多于创造，揣摩风气多于效忠学术。在抗战期中，师资与设备多因陋就简，研究的空气尤不易提高。向学心切者感觉饥荒，凡庸者敷衍混资格。美育的重要不但在事实上被忽略，即在理论上亦未被充分了解。我国先民在文艺上造就本极优越，而子孙数典忘祖，有极珍贵的文艺作品而不知欣赏，从事艺术创作者更寥寥。大家都迷于浅狭的功利主义，对文艺不下功夫，结果乃有情操驳杂、趣味卑劣、生活干枯、心灵无寄托等种种现象。群育是吾国人向来缺乏的，现代学校教育对此亦毫无补救。一般学校都没有社会生活，教师与学生相视如路人，同学彼此也相视如路人。世间大概没有比中国大学教授与学生更孤僻更寂寞的一群动物了。体育的忽略也不自今日始，有些学生们还在鄙视运动，黄皮刮瘦几乎是知识阶级的标志。抗战中忽略运动之外又添上缺乏营养。我常去参观学生吃饭，七八人一席只有一两碗无油的蔬菜，有时甚至只有白饭。吃苦本是好事，亏损虚弱却不是好事。青年人正当发育时期，日复一日年复一年地缺乏最低限度的营养，结果只有亏损虚弱，甚至于疾病死亡。心理的毛病往往起于生理的毛病，生理的损耗必酿成心理的损耗。这问题有关于民族的生命力，凡是远见的教育家、政治家都不应忽视。

家庭、社会、国家和学校对于青年人的影响如上所述。在这种情形之下，青年人在心理方面发生下列几种不健康的感觉。

第一是压迫感觉。青年人当生气旺盛的时候，有如春日的草木萌芽，需要伸展与生长，而伸展与生长需要自由的园地与丰富的滋养。如果他们像墙角生出来的草木，上面有沉重的砖石压着，得不着阳光与空气，他们只得黄瘦萎谢，纵然偶尔能费力支撑，破石罅而出，也必变成臃肿拳曲，不中绳墨。不幸得很，现代许多青年都恰在这种状况之下出死力支撑层层重压。家庭对于子弟上进的企图有时做不合理的阻挠，社会对于勤劳的报酬不尽有保障，国家为着政策有时须限制思想与言论的自由，学校不能使天赋的聪明与精力得充分发展，国家前途与世界政局常纠缠不清，强权常歪曲公理。这一切对于青年人都是沉重的压迫，此外又加上经济的艰窘，课程的繁重，营养缺乏所酿成的体质羸弱，真所谓“双肩上公仇私仇，满腔儿家忧国忧”。一个人究竟有几多力量，能支撑这层层重压呢？撑不起，却也推不翻，于是都积成一个重载，压在心头。

其次是寂寞感觉。人是富于情感的动物，人也是群居的动物，所以人需要同类的同情心最为剧烈。哲学家和宗教家抓住这一点，所以都以仁爱立教。他们知道人类只有在仁爱中才能得到真正幸福。青年人血气方刚，同情的需要比中年人与老年人更为迫切。我们已经说过，现代中国青年不常能得到家庭的温慰，在学校里又缺乏社会生活，他们终日独行踽踽，举目无亲，人生最强烈的要求不能得到最低限度的满足，他们心里如何快乐得起来呢？这里所谓“同情心”包含异性的爱在内。男女中间除着人类同情心的普遍需要之外，又加上性爱的成分，所以情谊一日投合，便特别坚强。这是一个极自然的现象，不容教育家们闭着眼睛否认或推翻。我们所应该留意的是施以适当教育，因势利导，纳于正轨，不使其泛滥横流。这些年来我们都在采男女同学制，而对于男女同学所有的问题未加精密研究，更未予以正确指导。结果男女中间不是毫无来往，便是偷偷摸摸地来往。毫无来往的似居多数，彼此摆在面前，徒增一种刺激。许多青年人的寂寞感觉，细经分析起来，大半起于异性中缺乏合理而又合体的交际。

第三是空虚感觉。“自然厌恶空虚”，这个古老的自然律可应用于物质，也可应用于心灵。空虚的反面是充实，是丰富。人生要充实丰富，必须有多方的兴趣与多方的活动。一个在道德、学问、艺术或事业方面有浓厚兴趣的人，自然能在其中发见至乐，决不会感觉到人生的空虚。宋儒教人心地常有“源头活水”，此心须常是“活泼泼的”。又教人玩味颜子在箪食瓢饮的情况之下“所乐何事”，用意都在使内心生活充实丰富。据近代一般心理学家的见解，艺术对于充实内心生活的功用尤大，因为它帮助人在事事物物中都可发见乐趣。观照就是欣赏，而欣赏就是快乐。现在一般青年人对学术既无浓厚兴趣，对艺术及其他活动更漠不置意，生活异常干枯贫乏，所以常感到人生空虚。此外又加上述的压迫与寂寞，使他们追问到人生究竟，而他们的单纯头脑所能想出的回答就是“空虚”。他们由自己个人的生活空虚推论到一般人生的空虚,犯着逻辑学家所谓“以偏概全”的错误。个人生活的空虚往往是事实，至于一般人生是否空虚则大有问题，至少历史上许多伟大人物不是这么想。

以上所说的三种不健康的感觉都有几分是心病，但是它们所产生的后果更为严重。在感觉压迫、寂寞和空虚中，青年人始而彷徨，身临难关而找不着出路，踌躇不知所措；继而烦闷，仿佛以为家庭、社会、国家、学校以至于造物主，都有意在和他们为难，不让他们有一件顺心事，于是对一切生厌恶，动辄忧郁、烦躁、苦闷；继而颓唐麻木，经不起一再挫折，逐渐失去辨别是非的敏感与向上的意志，随世俗苟且敷衍，以“世故”为智慧，视腐浊为人情之常。彷徨犹可抉择正路，烦闷犹可力求正路，到了颓唐麻木，就势必至于堕落，无可救药了。我不敢说现在多数青年都已到了颓唐麻木的阶段，但是我相信他们都在彷徨烦闷，如果不及早振作，离颓唐麻木也就不远了。总之，我感觉到现在青年人大半缺乏青年人所应有的朝气，对一切缺乏真正的兴趣和浓厚的热情。他们的志向大半很小，在学校只求敷衍毕业，以后找一个比较优裕的差缺，姑求饱暖舒适，就混过这一生。自然也偶尔遇着少数的例外，但少数例外优秀的青年势孤力薄，不能造成一种风气。现时代的青年，就他所表现的精神而论，决不能担当起现时代的艰巨任务。这是有心人不能不为之忧惧的。

这种现状究竟如何救济呢？照以上的分析，病的成因远在家庭、社会、国家与学校所给的不良的影响，近在青年人自己承受这影响而起的几种不健康的感觉。治本的办法当然是改良环境的影响，尤其是学校教育。这要牵涉许多问题，非本文所能详谈。这里我只向青年人说话，说的话限于在我想是他们可以受用的，就是他们如何医治自己，拯救自己。

第一，青年人对于自己应有勇气负起责任。我们旁观者分析青年人的心理性格，把环境影响当作一个重要的成因，是科学家所应有的平正态度。但是我们也必须补充一句，环境影响并非唯一的决定因素，世间有许多人所受的环境影响几完全相同而成就却有天渊之别，这就是证明个人的努力可以胜过环境的影响。青年们自己不应该把自己的失败完全推诿到环境影响，如果这样办，那就是对自己不负责任，为自己不努力去找借口。我们旁观者固不能以豪杰之士期待一切青年，但是每一个青年自己却不应只以庸碌人自期待。旁人在同样环境之下所能达到的成就，他如果达不到，他就应自引以为耻。对自己没有勇气负责的人在任何优越环境之下，都不会有大成就。对自己负责任，是一切向上心的出发点。

其次，青年人应知实事求是，接受当前事实而谋应付，不假想在另一环境中自己如何可以显大本领，也不把自己现在不能显本领的过失推诿到现实环境。自己所处的是甲境,应付不好,聊自宽解说:“如果在乙境，我必能应付好。”这是“文不对题”，仍是变态心理的表现。举个具体的例：问一位青年人为什么不努力做学问，他回答说：“教员不好，图书不够，饭没有吃饱。”这样一来，他就把责任推诿得干干净净了。他应该知道，教员不好，图书不够，饭没有吃饱，这些都是事实，他须接受这些事实去应付。如果能设法把教员换好，图书买够，饭吃饱，那固然再好没有；如果这些一时为事实所不允许，他就得在教员不好，图书不够，饭没有吃饱的事实条件之下，研究一个办法，看如何仍可读书做学问。他如果以为这样的事实条件不让他能读书做学问，那就是承认自己的失败；如果只假想在另一套事实条件之下才读书做学问，那就是逃避事实而又逃避责任。

第三，青年人应明了自己的心病须靠自己努力去医治。法国有一位心理学家——库维——发明一种自治疗术，叫作“自暗示”。依这个方法，一个人如果有什么毛病，只要自己常专心存着自己必定好的念头，天天只朝好处想，绝不能朝坏处想，不久他自会痊愈。他实验过许多病人，无论所患的是生理方面的或是心理方面的病，都特著奇效。他的实验可证明自信对于一个人的心理影响非常之大。自信是一个不幸的人，就随时随地碰着不幸事，自信是一个勇敢的人，世间便无不可征服的困难。许多青年人所缺乏的正是自信心。没有自信心就没有勇气，困难还没有临头就自认失败。

比如上文所说的三种不健康的感觉，都并非绝对不可避免的。如果能接受事实，有勇气对自己负责任，尽其在我，不计成败，则压迫感觉不至发生。每个人都需要同情，如果每个人都肯拿一点同情出来对付四周的人，则大家互有群居之乐，寂寞感觉不至发生。人生来需要多方活动，精力可发泄，心灵有寄托，兴趣到处泉涌，则生活自丰富，空虚感觉不至发生。这些事都不难做到，一般青年人所以不能做到者，原因就在没有自信，缺乏勇气，不肯努力。

谈性爱问题

这问题的重要性是无可否认的。圣人说得好："饮食男女，人之大欲存焉。"许多人的活动和企图，仔细分析起来，多少都与这两种基本的生活要求有直接或间接的关系。整个的人类文化动态也大半围着这两个轴心旋转。单提男女关系来说，没有它，世间就要少去许多纠纷，文艺就要少去一个重要的母题，社会必是另样，历史也必是另样。但是许多人对这样重要的问题偏爱扮面孔，不肯拿它来郑重地谈、郑重地想。已往少数哲学家如卢梭、康德、斯宾诺莎诸人对这问题所发表的议论，依叔本华看，都很肤浅。至于一般人的观念更不免为迷信、偏见和伪善所混乱。许多负教养之责的父母和师长对这问题简直有些畏惧，讳莫如深，仿佛以为男女关系生来是与淫秽相连的，青年人千万沾染不得，最好把他们蒙蔽住。其实你愈不使他们沾染而他们偏愈爱沾染；对这重要问题你想他们安于愚昧，他们就须得偿付愚昧的代价。

从生物学的观点看，这问题本很简单。有生之伦执着最牢固的是生命，最强烈的本能是叔本华所说的生命意志。首先是个体生命。

我们挣扎、营求、竭力劳心，都无非是要个体生命在物质方面得到维持、发展、安全、舒适；在精神方面得到真善美诸价值所给的快慰。一切活动的最终目的都在“谋生”。但是个体生命是不能永久执着的，生的尽头都是死。长生不但是一个不能实现的理想，而且也不是一个好理想。你试想：从开天辟地到世界末日，假如老是一代人在活着，世界不就成为一池死水？一代过去了，就有另一代继着来，生生不息，不主故常，所以变化无端，生发无穷。这是造化的巧妙安排。懂得这巧妙，我们就明白种族不朽何以胜似个体长生，种族生命何以重于个体生命，种族生命意志何以强于个体生命意志。男女相悦，说来说去，只是种族生命意志的表现。种族生命意志就是一般人所谓“性欲”。“爱”是一个较好听的名词，凡是男女间的爱都不免带有性欲成分。你尽管相信你的爱是“纯洁的”“心灵的”“精神的”，骨子里都是无数亿万年遗传下来的那一点性的冲动在作祟，你要与你所爱的人配合，你要传种。你不敢承认这点，因为你的老祖宗除了遗传给你这一点性的冲动以外，还遗传给你一些相反的力量——关于性爱的“特怖”（Taboo），你的脑筋里装满着性爱性交是淫秽的、可羞的、不道德的之类观念。其实，你须得知道：假如这一点性的冲动被阉割了，人道就会灭绝。人除着爱上帝以外，没有另一种心灵活动，比男人爱女人或女人爱男人那一点热忱，更值得叫作“神圣”，因为那是对于“不朽”的希求，是要把人人所宝贵的生命继续不断的绵延下去。

传种的要求驱遣着两性相爱，这是人与禽兽所公同的。但是有两个因素使性爱问题在人类社会中由简单变为很复杂。

第一个因素是社会的。社会所赖以维持的是伦理、宗教、法律和风俗习惯所酿成的礼法，“男女居室，人之大伦”，没有礼法更不足以维持。关于男女关系的礼法大约起于下列两种：第一是防止争端。性欲是最强烈的本能，而性欲的对象虽有选择，却无限制。一个人可以有许多对象，而许多人也可以同有一个对象。男爱女或不爱，女爱男或不爱。假如一个人让自己的性欲做主，不受任何制裁，“争风”和“逼奸”之类事态就会把社会的秩序弄得天翻地覆。因此每个社会对于男女交接和婚姻都有一套成文和不成文的法典。例如一夫一妻，凭媒嫁娶，尊重贞操，惩处奸淫之类。其次是划清责任。恋爱的正常归宿是婚姻，婚姻的正常归宿是生儿养女，成立家庭。有了家庭就有家庭的责任。生活要维持，子女要教养。性的冲动是飘忽游离的，常要求新花样与新口胃，而家庭责任却需要夫妻固定拘守，“一与之齐，终身不改”。假如一个人随意杂交，随意生儿养女，欲望满足了，就丢开配偶儿女而别开生面，他所丢下来的责任给谁负担呢？在以家庭为中心的社会，这种不负责的行为是不能不受裁制的。世界也有人梦想废除家庭的乌托邦，在那里面男女关系有绝对的自由，但是这恐怕永远是梦想，男女配合的最终目的原来就在生养子女，不在快一时之意；家庭是种族蔓延所必需的暖室，为了快一时之意而忘了那快意行为的最终目的，破坏达到那目的的最适宜的路径，那是违反自然的铁律。

因为上述两种社会的力量，人类两性配合不能全凭性欲指使，取杂交方式。他一方面须满足自然需要，一方面也要满足社会需要。自然需要倾向于自由发泄，社会需要却倾向于防闲节制。这种防闲节制对于个体有时不免是痛苦，但就全局着想，有健康的社会生命才能保障个体生命与种族生命。性欲要求原来在绵延种族生命，到了它危害到种族生命所藉以保障的社会生命时，它就失去了本来作用，于理是应受制止的。这道理本很浅显，许多人却没有认清，感到社会的防闲节制不方便，便骂“礼教吃人”。极端的个人主义常是极端的自私主义，这是一端。同时，我们自然也须承认社会的防闲节制的方式也有失去它的本来作用的时候。社会常在变迁，甲型社会的礼法不一定适用于乙型社会，一个社会已经由甲型变到乙型时，甲型的礼法往往本着习惯的惰性留存在乙型社会里，有如盲肠，不但无用，甚至发炎生病。原始社会所遗留下来的关于性的“特怖”，如“男女授受不亲”“女子出门必拥蔽其面”“望门守节”、孕妇产妇不洁净带灾星之类，在现代已如盲肠，都很显然。

第二个使人类两性问题变复杂的因素是心理的。从个体方面看，异性的寻求、结合、生育都是消耗与牺牲，自私是人类天性，纯粹是消耗牺牲的事是很少有人肯干的。于此造化又有一个很巧妙的安排，使这消耗与牺牲的事带有极大的快感。人们追求异性，骨子里本为传种，而表面上却现得为自己求欲望的满足。恋爱的人们，像叔本华所说的，常在“错觉”（illusion）里过活。当其未达目的时，仿佛世间没有比这更快意的事，到了种子播出去了，回思虽了无余味，而性欲的驱遣却不因此而灭杀其热力，还是源源涌现，挟着排山倒海的力量东奔西窜。它的遭遇有顺有逆，有常有变，纵横流转中与其他事物发生关系复杂微妙至不可想象，而身当其冲者的心理变迁也随之幻化无端。近代有几个著名学者如韦斯特·马克（West Maik）、埃利斯（H.Ellis）、弗洛伊德（Freud）诸人对性爱心理所发表的著作几至汗牛充栋。在这篇短文里我们无法把许多光怪陆离的现象都描绘出来，只能略举数端，以示梗概。

男女相爱与审美意识有密切关系，这是尽人皆知的。我们在这里所指的倒不在男爱女美、女爱男美那一点，因为那很明显，无用申述。我们所指的是相爱相交那事情本身的艺术化。人为万物之灵，虽处处受自然需要驱遣，却时时要超过自然需要而做自由活动，较高尚的企图如文艺、宗教、哲学之类多起于此。举个浅例来说，盛水用壶是一种自然需要，可是人不以此为足，却费心力去求壶的美观。美观非实用所必需，却是心灵自由伸展所不可无。人在男女关系方面也是如此。男女间事，如果止于禽兽的阶层上，那是极平凡而粗浅的。只须看鸡犬，在交合的那一顷刻间它们服从性欲的驱遣，有如奴隶服从主子之恭顺，其不可逃免性有如命运之坚强，它们简直不是自己的主宰，一股冲动来，就如悬崖纵马，一冲而下，毫不绕弯子，也毫不讲体面。人要把这件自然需要所逼迫的事弄得比较“体面”些，不那样脱皮露骨，于是有许多遮盖，有许多粉饰，有许多作态弄影，旁敲侧击，男女交际间的礼仪和技巧大半是粗俗事情的文雅化，做得太过分了，固不免带着许多虚伪与欺诈；做得恰到好处时，却可以娱目赏心。

实用需要壶盛水，审美意识进一步要求壶的美观，美观与实用在此仍并行不悖。再进一步，壶可以放弃它的实用而成为古董、纯粹的艺术品；如果拿它来盛水，就不免煞风景，男女的爱也有同样的演进。在动物阶层，它只是为生殖传种一个实用目的，继之它成为一种带有艺术性的活动，再进一步它就成为一种纯粹的艺术，徒供赏玩。爱于是与性欲在表面上分为两事,许多人只是“为爱而爱”,就只在爱的本身那一点快乐上流连体会，否认爱还有借肉体结合而传种那一个肮脏的作用。爱于是成为“柏拉图式的”、纯洁的、心灵的、神圣的，至于性欲活动则被视为肉体的、淫秽的、可羞的、尘俗的。这观念的形成始于耶稣教的重灵轻肉，终于十九世纪浪漫派文艺的“恋爱至上”观。这种灵爱与肉爱的分别引起好些人的自尊心，激励成好些思想、文艺和事业上的成就；同时，它也使好些人变成疯狂，养成好些不康健的心理习惯。说得好听一点，它起于性爱的净化或“升华”；说得不好听一点，它是替一件极尘俗的事情挂上一个极高尚的幌子，“金玉其外，败絮其中”。

从这一点，我们可以看出人心怎样爱绕弯子，爱歪曲自然。近代变态心理学所供给的实例更多。它的起因，像弗洛伊德所说的，是自然与文化、性欲冲动与社会道德习俗的冲突。性欲冲动极力伸展，社会势力极力压抑。这冲突如果不得到正常的调整，性欲冲动就不免由意识域压抑到潜意识域，虽是囚禁在那黑狱里，却仍跃跃欲试，冀图破关脱狱。为着要逃避意识的检查，取种种化装。许多寻常行动，如做梦、说笑话、创作文艺、崇拜偶像、虐待弱小，以至于吮指头、露大腿之类，在变态心理学家看，都可以是性欲化装的表现。性欲是一种强大的力量，有如奔流，须有所倾泻，正常的方式是倾泻于异性对象；得不到正常对象倾泻时，它或是决堤而泛滥横流，酿成种种精神病症；或是改道旁驰，起升华作用而致力于宗教、文艺、学术或事功。因此，人类活动——无论是个体的或社会的——几乎没有一件不可以在有形无形之中与性爱发生心理上的关联。

这里所说的只是一个极粗浅的梗概，从这种粗浅的梗概中我们已可以见出人类两性关系问题如何复杂。要得到一个健康的性道德观，我们需要近代科学所供给的关于性爱的各方面知识，一种性知识的启蒙运动。我们一不能如道德学家和清教徒一味抹杀人性，对于性的活动施以过分严厉的裁制，原始时代的“特怖”更没有保留的必要；二不能如浪漫派文艺作者满口讴歌“恋爱至上”，把一件寻常事情捧到九霄云外，使一般神经质软弱的人们悬过高的希望，追攀不到，就陷于失望悲观；三不能如苏联共产党人把恋爱婚姻完全看成个人的私行，与社会国家无关，任它绝对自由，绝对放纵。依我个人的主张，男女间事是一件极家常极平凡的事，我们须以写实的态度和生物学的眼光去看它，不必把它看成神奇奥妙，也不必把它看成淫秽邪僻。我们每个人天生有传种的机能、义务与权利。我们寻求异性，是要尽每个人都应尽的责任。一对男女成立恋爱或婚姻的关系时，只要不妨害社会秩序的合理要求，我们就用不着大惊小怪。这句话中的插句极重要：社会不能没有裁制，而社会的裁制也必须合理。社会的合理裁制是指上文所说的防止争端和划清责任。争婚、逼婚、乱伦、患传染病结婚，结婚而放弃结婚的责任，这些便是法律所应禁止的。除了这几项以外，社会如果再多嘴多舌，说这样是伤风，那样是败俗，这样是淫秽，那样是奸邪，那就要在许多人的心理上起不必要的压抑作用，酿成精神的变态，并且也引起许多人阳奉阴违，面子上仁义道德，骨子里男盗女娼。在人生各方面，正常的生活才是健康的生活，在男女关系方面，正常的路径是由恋爱而结婚，由结婚而生儿养女，把前一代的责任移交给后一代，使种族"于万斯年"地绵延下去。传种以外，结婚者的个人幸福也不应一笔勾销。结婚和成立家庭应该是一件快乐的事，人们就应该在里面希冀快乐，且努力产生快乐。到了夫妻实在不能相容而家庭无幸福可言时，在划清责任的条件之下离婚是道德与法律都应该允许而且提倡的。

“灵魂在杰作中的冒险”
——考证、批评与欣赏

把快感认为美感，把联想认为美感，是一般人的误解，此外还有一种误解是学者们所特有的，就是把考证和批评认为欣赏。

在这里我不妨稍说说自己的经验。我自幼就很爱好文学。在我所谓“爱好文学”，就是欢喜哼哼有趣味的诗词和文章。后来到外国大学读书，就顺本来的偏好，决定研究文学。在我当初所谓“研究文学”，原来不过是多哼哼有趣味的诗词和文章。我以为那些外国大学的名教授可以告诉我哪些作品有趣味，并且向我解释它们何以有趣味的道理。我当时隐隐约约地觉得这门学问叫作“文学批评”，所以在大学里就偏重“文学批评”方面的功课。哪知道我费过五六年的功夫，所领教的几乎完全不是我原来所想望的。

比如拿莎士比亚这门功课来说，教授在讲堂上讲些什么呢？现在英国，学者最重“版本的批评”。他们整年地讲莎士比亚的某部剧本在某一年印第一次“四折本”，某一年印第一次“对折本”，“四折本”和“对折本”有几次翻印，某一个字在第一次“四折本”怎样写，后来在“对折本”里又改成什么样，某一段在某版本里为阙文，某一个字是后来某个编辑者校改的。在我只略举几点已经就够使你看得不耐烦了，试想他们费毕生的精力做这种勾当！

自然他们不仅讲这一样，他们也很重视“来源”的研究。研究“来源”的问些什么问题呢？莎士比亚大概读过些什么书？他是否懂得希腊文？他的《哈姆雷特》一部戏是根据哪些书？这些书他读时是用原文还是用译本？他的剧中情节和史实有哪几点不符？为着要解决这些问题，学者们个个在埋头于灰封虫咬的向来没有人过问的旧书堆中，寻求他们的所谓“证据”。

此外他们也很重视“作者的生平”。莎士比亚生前操什么职业？几岁到伦敦当戏子？他少年偷鹿的谣传是否确实？他的十四行诗里所说的“黑姑娘”究竟是谁？“哈姆雷特”是否是莎士比亚现身说法？当时伦敦有几家戏院？他和这些戏院和同行戏子的关系如何？他死时的遗嘱能否见出他和他的妻子的情感？为着这些问题，学者跑到法庭里翻几百年前的文案，跑到官书局里查几百年前的书籍登记簿，甚至于跑到几座古老的学校去看看墙壁上和板凳上有没有或许是莎士比亚画的简笔姓名。他们如果寻到片纸只字，就以为是至宝。

这三种功夫合在一块讲，就是中国人所说的“考据学”。我的讲莎士比亚的教师除了这种考据学以外，自己不做其他的功夫，对于我们学生们也只讲他所研究的那一套，至于剧本本身，他只让我们凭我们自己的能力去读，能欣赏也好，不能欣赏也好，他是不过问的，像他这一类的学者在中国向来就很多，近来似乎更时髦。许多人是把“研究文学”和“整理国故”当作一回事。从美学观点来说，我们对于这种考据的工作应该发生何种感想呢？

考据所得的是历史的知识。历史的知识可以帮助欣赏而却不是欣赏本身。欣赏之前要有了解。了解是欣赏的预备，欣赏是了解的成熟。只就欣赏说，版本、来源以及作者的生平都是题外事，因为美感经验全在欣赏形相本身，注意到这些问题，就是离开形相本身。但是就了解说，这些历史的知识却非常重要。例如要了解曹子建的《洛神赋》，就不能不知道他和甄后的关系；要欣赏陶渊明的《饮酒》诗，就不能不先考定原本中到底是“悠然望南山”还是“悠然见南山”。

了解和欣赏是互相补充的。未了解决不足以言欣赏，所以考据学是基本的功夫。但是只了解而不能欣赏，则只是做到史学的功夫，却没有走进文艺的领域。一般富于考据癖的学者通常都不免犯两种错误。第一种错误就是穿凿附会。他们以为作者一字一画都有来历，于是拉史实来附会它。他们不知道艺术是创造的，虽然可以受史实的影响，却不必完全受史实的支配。《红楼梦》一部书有多少“考证”和“索隐”？它的主人究竟是纳兰性德，是清朝某个皇帝，还是曹雪芹自己？“红学”家大半都忘记艺术生于创造的想象，不必实有其事。考据家的第二种错误在因考据而忘欣赏。他们既然把作品的史实考证出来之后，便以为能事已尽，而不进一步去玩味玩味。他们好比食品化学专家，把一席菜的来源、成分以及烹调方法研究得有条有理之后，便袖手旁观，不肯染指。就我个人说呢，我是一个饕餮汉，对于这班考据家的苦心孤诣虽是十二分的敬佩和感激，我自己却不肯学他们那样“斯文”，我以为最要紧的事还是伸箸把菜取到口里来咀嚼，领略领略它的滋味。

在考据学者们自己看，考据就是一种批评。但是一般人所谓批评，意义实不仅如此。所以我当初想望研究文学批评，而教师却只对我讲版本来源种种问题，我很惊讶，很失望。普通意义的批评究竟是什么呢？这也并没有定准，向来批评学者有派别的不同，所认到的批评的意义也不一致。我们把他们区分起来，可以得四大类。

第一类批评学者自居“导师”的地位。他们对于各种艺术先抱有一种理想而自己却无能力把它实现于创作，于是拿这个理想来期望旁人。他们欢喜向创作家发号施令，说小说应该怎样做，说诗要用音韵或是不要用音韵，说悲剧应该用伟大人物的材料，说文艺要含有道德的教训，如此等类的教条不一而足。他们以为创作家只要遵守这些教条，就可以做出好作品来。坊间所流行的《诗学法程》《小说作法》《作文法》等书籍的作者都属于这一类。

第二类批评学者自居“法官”地位。“法官”要有“法”，所谓“法”便是“纪律”。这班人心中预存几条纪律，然后以这些纪律来衡量一切作品，和它们相符合的就是美，违背它们的就是丑。这种“法官”式的批评家和上文所说的“导师”式的批评家常合在一起。他们最好的代表是欧洲假古典主义的批评家。“古典”是指古希腊和罗马的名著，“古典主义”就是这些名著所表现的特殊风格，“假古典主义”就是要把这种特殊风格定为“纪律”让创作家来模仿。处“导师”的地位，这派批评家向创作家发号施令说：“从古人的作品中我们抽绎出这几条纪律，你要谨遵无违，才有成功的希望！”处“法官”的地位，他们向创作家下批语说：“亚理士多德明明说过坏人不能做悲剧主角，你莎士比亚何以要用一个杀皇帝的麦克白？作诗用字忌俚俗，你在麦克白的独语中用‘刀’字，刀是屠户和厨夫的用具，拿来杀皇帝，岂不太损尊严，不合纪律？”（“刀”字的批评出诸约翰逊，不是我的杜撰。）这种批评的价值是很小的。文艺是创造的，谁能拿死纪律来范围活作品？谁读《诗歌作法》如法炮制而做成好诗歌？

第三类批评学者自居“舌人”的地位。“舌人”的功用在把外乡话翻译为本地话，叫人能懂得。站在“舌人”的地位的批评家说：“我不敢发号施令，我也不敢判断是非，我只把作者的性格、时代和环境以及作品的意义解剖出来，让欣赏者看到易于明了。”这一类批评家又可细分为两种。一种如法国的圣伯夫，以自然科学的方法去研究作者的心理，看他的作品与个性、时代和环境有什么关系。一种为注疏家和上文所说的考据家，专以追溯来源、考订字句和解释意义为职务。这两种批评家的功用在帮助了解，他们的价值我们在上文已经说过的。

第四类就是近代在法国闹得很久的印象主义的批评。属于这类的学者所居的地位可以说是“饕餮者”的地位。“饕餮者”只贪美味，尝到美味便把它的印象描写出来。他们的领袖是法朗士，他曾经说过：“依我看来，批评和哲学与历史一样，只是一种给深思好奇者看的小说；一切小说，精密地说起来，都是一种自传。凡是真批评家都只叙述他的灵魂在杰作中的冒险。”这是印象派批评家的信条。他们反对“法官”式的批评，因为“法官”式的批评相信美丑有普遍的标准，印象派则主张各人应以自己的嗜好为标准，我自己觉得一个作品好就说它好，否则它虽然是人人所公认为杰作的《荷马史诗》，我也只把它和许多我所不欢喜的无名小卒一样看待。他们也反对“舌人”式的批评，因为“舌人”式的批评是科学的、客观的，印象派则以为批评应该是艺术的、主观的，它不应像餐馆的使女只捧菜给人吃，应该亲去尝菜的味道。

一般讨论读书方法的书籍往往劝读者持“批评的态度”。这所谓“批评”究竟取哪一个意义呢？它大半是指“判断是非”。所谓持“批评的态度”去读书，就是说不要“尽信书”，要自己去分判书中何者为真，何者为伪，何者为美，何者为丑。这其实就是“法官”式的批评。这种“批评的态度”和“欣赏的态度”（就是美感的态度）是相反的。

批评的态度是冷静的、不杂情感的，其实就是我们在开头时所说的“科学的态度”；欣赏的态度则注重我的情感和物的姿态的交流。批评的态度须用反省的理解，欣赏的态度则全凭直觉。批评的态度预存有一种美丑的标准，把我放在作品之外去评判它的美丑；欣赏的态度则忌杂有任何成见，把我放在作品里面去分享它的生命。遇到文艺作品如果始终持批评的态度，则我是我而作品是作品，我不能沉醉在作品里面，永远得不到真正的美感的经验。

印象派的批评可以说就是“欣赏的批评”。就我个人说，我是倾向这一派的，不过我也明白它的缺点。印象派往往把快感误认为美感。在文艺方面，各人的趣味本来有高低。比如看一幅画，“内行”有“内行”的印象，“外行”有“外行”的印象，这两种印象的价值是否相同呢？我小时候欢喜读《花月痕》和《吕东莱博议》一类的东西，现在回想起来不禁赧颜，究竟是我从前对还是现在对呢？文艺虽无普遍的纪律，而美丑的好恶却有一个道理。遇见一个作品，我们只说“我觉得它好”还不够，我们还应说出我何以觉得它好的道理。说出道理就是一般人所谓批评的态度了。

总而言之，考据不是欣赏，批评也不是欣赏，但是欣赏却不可无考据与批评。从前老先生们太看重考据和批评的功夫，现在一般青年又太不肯做脚踏实地的功夫，以为有文艺的嗜好就可以谈文艺，这都是很大的错误。

给苦闷的青年朋友们

朋友们：

我是中年以上的人，处在现在这个环境，几乎没有一天不感觉苦闷，你们正当血气旺盛、感觉锐敏、情感丰富的时候，苦闷的程度当然比我的更深。因为年龄的悬殊，我们在经验与见解上不免有些隔阂；但是我也经过了青年时代，我想你们的心绪是我能够了解的，而且能够同情的，你们的环境之中哪一件叫你们能不苦闷呢？先说家庭。你们多数人一进了学校，就和家庭隔绝，在教育上得不到家庭的督导，在经济上得不到家庭的援助，在情感上得不到家庭的温慰，你们就像失巢的孤雏，伶仃孤苦地在这广大而残酷的世界里自奔前程，自寻活计。并且在一般穷困流离的情况之下，许多家庭都不免有些不如意的事，有些是贫病交加，有些是家败人亡，这尤其使流亡在远方的子弟们时时抱着一种沉忧隐痛。

其次说到学校，这些年来我都厕身教育界，说起来不能不惭愧，学校对于你们都没有尽到它应尽的职责。它只奉行公事，贩卖一点知识，没有顾到真正的学术研究，没有顾到校里的社会生活，更没有顾到人格熏陶。你们虽是处在一大群人之中，实际上每个人都是孤独的，寂寞的，与教师无往来，与同学往来也不多，终日独行踽踽，茫茫不知所之，加以经济压迫，使你们多数人在最需要营养的发育期，缺乏最低限度的营养，以致由虚而弱，由弱而病，在应该活泼泼的青春就感到病的纠缠与死的恐怖。你们许多人都像破墙脚下石头压着的萎黄的小草，无论在生理上或是在心理上，很少有是健康的。最伤心的当然还是时局。抗战胜利带来了多么大的喜悦与希望！而这喜悦与希望不到一两年就打得粉碎。于今战氛蔓延全国，经济濒于破产，眼看全体崩溃与侵略势力的闯入就在目前，这怎能叫人不忧惧，不愤恨？这事实纠葛之中又夹杂着政治思想的问题，而这问题是青年人所特别关心的。在中国和在全世界一样，很显然地摆着两个路线，两个壁垒，一是英美所代表的民主制度，一是苏联所代表的共产制度。究竟哪一条路是将来世界的出路呢？哪一条路比较适合现在中国的国情呢？青年朋友们未必有资料与时间对这些问题作周密的检讨，往往凭着片面的带有哄骗性的宣传文字，把自己摆到某一方的旗帜之下，这与其说是思想的归宿，毋宁说是情感的寄托。在情感酝酿之中产生了某一面政治理想，而任何一面政治理想在中国都和事实起剧烈的冲突，甲路碰了壁而乙路也未必走得通，究竟中国有没有出路呢？世界有没有出路呢？原来想在一种政治理想上寄托情感与希望，而事实到处予以强烈的否认，于是情感与希望仍然是落空虚悬。不仅在中国，在整个世界，战争与毁灭的黑影都常在面前晃摇，这怎能叫人不心焦气闷？

在这种种情形之下，人人都感觉到压迫、窒息，寂寞和空虚，而你们青年人所感觉到的当然更尖锐。于今世界已成为一个息息相关的有机体，世界没有出路，国家不会有出路，国家没有出路，个人也绝没有出路。这一连串的铁环是没有人能打破的。不过有一点我们可以确定：假如要把世界和国家扭转到正轨，必需个别分子的努力。“事在人为”，于今谁可为呢？不消说得，要有一批有朝气的人才能做出一番有朝气的事业，造就一种有朝气的乾坤。像我们这辈子中年以上的人们在心理发展上都已成为定型，暮气已深；因循坐误大事的是我们这一辈子人，要想我们变成另样的人来把世事弄好，那希望恐甚渺茫。我们说这话也很痛心，但是不幸这是事实。所以我们不能不殷切寄望于你们这一辈子青年人，望你们不再像我们这样无能，终有一日能挽回这个危亡的局面。但是目睹你们的苦闷消沉的情形，我们也不免栗栗危惧。你们能否如我们所殷切属望的，担当得起这个重大的责任呢？我们中年以上人之中常有人窃窃私语，说我们这一辈子人固然不行，下一辈子人还更不如我们。如果真是一蟹不如一蟹，中国不就完事大吉了吗？我们忏悔自己种因不善，造成一种环境，叫你们不得不苦闷消沉；同时，我们也不甘心就这样了局，尽管病已垂危，一息尚存，我们仍望能起死回生，而这起死回生的力量就来自你们。在这忏悔与希望之中，我们想以过来人的资格，向你们进一点苦口婆心的忠告。

苦闷本身不一定就是坏事，它可能由窒息而死，也可能由透气而生。它是或死或生之前的歧途，可以引入两个极端相反的世界。我知道有许多人由苦闷而消沉，由消沉而堕落；也有许多人由苦闷而挣扎，由挣扎而成功。苦闷总比麻木不仁好，苦闷至少表示对现实的缺陷还有敏感，还可以激起求生的努力；麻木不仁就只有因循堕落那一个归宿，苦闷是波澜，麻木不仁就是死水。处在现在这样的环境而能不苦闷，那就是无心肝，那就是社会血液中致死的毒素。现在你们青年人还能苦闷，那就表现中国生机未绝。我们中国的老教训是国家与个人“恒存乎灾患疢疾”，“独孤臣孽子，其操心也危，其虑患也深，故达”。有一种苦闷是孤臣孽子苦闷，也有一种苦闷是失败主义者的苦闷。你们的苦闷自居哪一种呢？这是必须深加省察的。如果是孤臣孽子的苦闷，那就终有“达”的一日；如果是失败主义者的苦闷，那就是暮气的开始，终必由消沉而堕落了。

苦闷是危难时期青年人所必经的阶段，但是这只能是一个阶段，不能长久在这上面停止着。若是止于苦闷，也终必消磨锐气，向引起苦闷的恶势力缴械投降。我所谓孤臣孽子的苦闷是奋斗的激发力，挣扎的前序曲。问题是：向什么目的或方向去奋斗挣扎呢？“工欲善其事,必先利其器”,如果改造社会挽救中国是你们所要做的“事”，你们自己的品格、学识和才能就是“器”。我们中年以上这一辈子人所以把中国弄得这样糟，就误在这个“器”太不“利”了。比如说，现代国家离不开工业，我们工业人才不如人，所以落后；民主国家要有够水准的公民，我们的教育不如人，所以产生一些腐败无能的官吏和视国事不关痛痒的人民。其他一切事没有做好，也都由于做事人的质料太差。你们埋怨旁人没有把事做好，假如让你们自己来，试问你们的品格是否能保证你们能不像过去人那样贪污腐败？你们的学问才具是否能保证你们不像过去人那样无能？假如你在学外交，你是否比现在办外交的人有较深切的国际关系的认识和令人较能钦佩的风度与才具？假如你在学医，你是否有希望能比过去的医生或你的老师较高明？假如你们的品格、学识和才能都不比过去人强,让你们来接他们的事,你们就绝不会比他们有较好的成就。那么，你们就不配埋怨旁人，更不配谈什么革命或改造社会，你们凭什么去改造呢？社会并不是借一些空洞的口号标语所可改造得了的，也不是借一些游行集会可改造得了的。我们在青年时代也干过这些勾当，可是不幸得很，社会到现在比从前还更糟；而我们现在还要以过来人的资格向你们这一辈子青年人作这样苦口婆心的劝告，这是命运给我们的一种最冷酷的嘲笑，我们只希望你们的下一辈子人不致再“以后人哀前人”。

（载《周论》第 1 卷第 17 期，1948 年 5 月）

一番语重心长的话

——给现代中国青年

我在大学里教书，前后恰已十年，年年看见大批的学生进来，大批的学生出去。这大批学生中平庸的固居多数，英俊有为者亦复不少。我们辛辛苦苦地把一批又一批的训练出来，到毕业之后，他们变成什样的人，做出什样的事呢？他们大半被一个共同的命运注定。有官做官，无官教书。就了职业就困于职业，正当的工作消磨了二三分光阴，人事的应付消磨了七八分光阴。他们所学的原来就不很坚实，能力不够，自然做不出什么真正的事业来。时间和环境又不容许他们继续研究，不久他们原有的那一点浅薄学问也就逐渐荒疏，终身只在忙“糊口”。这样一来，他们的人生就平平凡凡地溜过去，国家的文化学术和一切事业也就无从发展。还有一部分人因为生活的压迫和恶势力的引诱，由很可有为的青年腐化为土豪劣绅或贪官污吏，把原来读书人的一副面孔完全换过，为非作歹，恬不知耻，使社会上颓风恶习一天深似一天，教育的功用究竟在哪里呢？

想到这点，我感觉到很烦闷。就个人设想，像我这样教书的人把生命断送在粉笔屑中，眼巴巴地希望造就几个人才出来，得一点精神上的安慰，而年复一年地见到出学校门的学生们都朝一条平凡而暗淡的路径走，毫无补于文化的进展和社会的改善。这种生活有何意义？岂不是自误误人？其次，就国家民族的设想，在这严重的关头，性格已固定的一辈子人似已无大希望，可希望的只有少年英俊，国家耗费了许多人力和财力来培养成千成万的青年，也正是希望他们将来能担负国家民族的重任，而结果他们仍随着前一辈子人的覆辙走，前途岂不很暗淡？

青年们常欢喜把社会一切毛病归咎于站在台上的人们，其实在台上的人们也还是受过同样的教育，经过同样的青年阶段，他们也曾同样地埋怨过前一辈子人。由此类推，到我们这一辈子青年们上台时，很可能地仍为下一辈子青年们不满。今日有理想的青年到明日往往变成屈服于事实而抛弃理想的堕落者。章宗祥领导过留日青年，打过媚敌辱国的蔡钧，而这位章宗祥后来做了外交部长，签订了二十一条卖国条约。汪精卫投过炸弹，坐过牢，做过几十年的革命工作，而这位汪精卫现在做了敌人的傀儡，汉奸的领袖。许多青年们虽然没有走到这个极端，但投身社会之后，投降于恶势力的实比比皆是。这是一个很可伤心的现象。社会变来变去，而组成社会的人变相没有变质，社会就不会彻底地变好。这五六十年来我们天天在讲教育，教育对于人的质料似乎没有发生很好的影响。这一辈子人睁着眼睛蹈前一辈子人的覆辙，下一辈子人仍然睁着眼睛蹈这一辈子人的覆辙，如此循环辗转，一报还一报，“长夜漫漫何时旦”呢？

社会所属望最殷的青年们，这事实和问题是值得郑重考虑的！时光向前疾驶，毫不留情去等待人，一转眼青年便变成中年老年，一不留意便陷到许多中年人和老年人的厄运。这厄运是一部悲惨的三部曲。第一部是悬一个很高的理想，要改造社会；第二部是发见理想与事实的冲突，意志与社会恶势力相持不下；第三部便是理想消灭，意志向事实投降，没有改革社会，反被社会腐化。给它们一个简题，这是“追求”“彷徨”和“堕落”。

青年们，这是一条死路。在你们的天真烂漫的头脑里，它的危险性也许还没有得到深切的了解，你们或许以为自己决不会走上这条路。但是我相信：如果你们没有彻底的觉悟，不拿出强毅的意志力，不下坚苦卓绝的功夫，不做脚踏实地的准备，你们是不成问题地仍走上这条路。数十年之后，你们的生命和理想都毁灭了，社会腐败依然如故，又换了一批像你们一样的青年来，仍是改革不了社会。朋友们，我是过来人，这条路的可怕我并没有夸张，那是绝对不能再走的啊！

耶稣宣传他的福音，说只要普天众生转一个念头，把心地洗干净，一以仁爱为怀，人世就可立成天国。这理想简单到不能再简单，可是也深刻到不能再深刻。极简单的往往是正途大道，因为易为人所忽略，也往往最不易实现。本来是很容易的事而变成最难实现的，这全由于人的愚蠢、怯懦和懒惰。世间事之难就难在人们不知道或是不能够转一个念头，或是转了念头而没有力量坚持到底。幸福的世界里绝没有愚蠢者、怯懦者和懒惰者的地位。你要合理地生存，你就要有觉悟、有决心、有奋斗的精神和能力。

“知难行易”，这觉悟一个起点是我们青年所最缺乏的。大家都似在鼓里过日子，闭着眼睛醉生梦死，放弃人类最珍贵的清醒的理性，降落到猪豚一般随人饲养，随人宰割。世间宁有这样痛心的事！青年们，目前只有一桩大事——觉悟——彻底地觉悟！你们正在做梦，需要一个晴天霹雳把你们震醒，把“觉悟”两字震到你们的耳里去。

“条条大路通罗马”。实现人生和改良社会都不必只有一条路径可走。每个人所走的路应该由他自己审度自然条件和环境需要，逐渐摸索出来,只要肯走,迟早总可以走到目的地。无论你走哪一条路，你都必定立定志向要做人；做现代的中国人，你必须有几个基本的认识。

一、时代的认识——人类社会进化逃不掉自然律。关于进化的自然律，科学家们有不同的看法。依达尔文派学者，生物常在生存竞争中，最适者生存，不适者即归淘汰。依克鲁泡特金，社会的维持和发展全靠各分子能分工互助，互助也是本于天性。这两种相反的主张产生了两种不同的国际政治理想。一种理想是拥护战争，生存既是一种竞争，而在竞争中又只有最适者可生存，则造就最适者与维持最适者都必靠战争，战争是文化进展的最强烈的刺激剂。另一种理想是拥护和平，战争只是破坏，在战争中人类尽量发挥残酷的兽性，愈残酷愈贪摧毁，愈不易团结，愈不易共存共荣；要文化发展，我们需要建设，建设需要互助，需要仁爱，也需要和平。这两种理想各有片面的真理，相反适以相成，不能偏废。我们的时代是竞争最激烈的时代，也是最需要互助的时代。竞争是事实而互助是理想。无论你竞争或是互助，你都要拿出本领来。在竞争中只有最适者才能生存，在互助中最不适者也不见得能坐享他人之成。所谓“最适”就是最有本领，近代的本领是学术思想，是技术，是组织力。无论是个人在国家社会中，或是民族在国际社会中，有了这些本领，才能和人竞争，也才能和人互助，否则你纵想苟且偷生，也必终归淘汰，自然铁律是毫不留情的。

二、国家民族现在地位的认识——我国数千年来闭关自守。固有的文化可以自给自足，而且四围诸国家民族的文化学术水准都比我们的低，不曾感到很严重的外来的威胁。从十九世纪以来，海禁大开，中国变成国际集团中的一分子，局面就陡然大变。我们现在遇到两重极严重的难关。第一，我们固有的文化学术不够应付现时代的环境。我们起初慑于西方科学与物质文明的威力，把固有的文化看得一文不值，主张全盘接收欧化；到现在所接收的还只是皮毛，毫不济事，情境不同，移植的树常不能开花结果，而且从两次大战与社会不安的状况看来，物质文明的误用也很危险，于是又有些人提倡固有文化，以为我们原来固有的全是对的。比较合理的大概是兼收并蓄，就中西两方成就截长补短，建设一种新的文化学术。但是文化学术须有长期的培养，不是像酵母菌可以一朝一夕制造出来的。我们从事于文化学术的人们能力都还太幼稚薄弱，还不配说建设。总之，我们旧的已去，新的未来，在这青黄不接的时候，我们和其他民族竞争或互助，几乎没有一套武器或工具在手里。这是一个极严重的局势。其次，我们现在以全副精力抗战建国。这两重工作中抗战是急需，是临时的；建国是根本，是长久的。多谢贤明领袖的指导与英勇将士的努力，多谢国际局面的转变，我们的抗战已逼近最后的胜利。这是我们的空前的一个好机会，从此我们可以在国际社会中做一个光荣的分子，从此我们可以在历史上开一个新局面。但是这“可以”只是“可能”而不是“必然”，由“可能”变为“必然”，还需要比抗战更坚苦的努力。抗战后还有成千成万的问题亟待解决，有许多恶习积弊要洗清，有许多文化事业和生产事业要建设。我们试问，我们的人才准备能否很有效率地担负这些重大的工作呢？要不然，我们的好机会将一纵即逝，我们的许多光明希望将终成泡影。我们的青年对此须有清晰的认识，须急起直追，抓住好时机不让放过。

三、个人对于国家民族的关系的认识——世界处在这个剧烈竞争的时代，国家民族处在这个一发千钧的关头，我们青年人所处的地位何如呢？有两个重要的前提我们必须认识清楚：

第一，国家民族如果没有出路，个人就绝不会有出路；要替个人谋出路，必须先替国家民族谋出路。

第二，个人在社会中如果不能成为有力的分子，则个人无出路，国家民族也无出路。要个人在社会中成为有力的分子，必须有德有学有才，而德行学问才具都须经过艰苦的努力才可以得到。

以往我们青年的错误就在于对这两个前提毫无认识。大家都只为个人打计算，全不替国家民族着想。我们忙着贪图个人生活的安定和舒适，不下功夫培养造福社会的能力，不能把自己所应该做的事做好，一味苟且敷衍，甚至用种种不正当的手段去求个人安富尊荣，钻营、欺诈、贪污，无所不至，这样一来，把社会弄得日渐腐败，国家弄得日渐贫弱。这是一条不能再走的死路，我已一再警告过。我们必须痛改前非，把一切自私的动机痛痛快快地斩除干净，好好地在国家民族的大前提上做功夫。我们须知道，我们事事不如人，归根究竟，还是我们的人不如人。现在要抬高国家民族的地位，我们每个人必须培养健全的身体、优良的品格、高深的学术和熟练的技能，把自己造成社会中一个有力的分子。

这是三个最基本的认识。我们必须有这些认识，再加以坚苦卓绝的精神去循序实行，到死不懈，我们个人，我们国家民族，才能踏上光明的大道。最后，我还须着重地说，我们需要彻底的觉悟。

看戏与演戏

莎士比亚说过，世界只是一个戏台。这话如果不错，人生当然也只是一部戏剧。戏要有人演，也要有人看：没有人演，就没有戏看；没有人看，也就没有人肯演。演戏人在台上走台步，作姿势，拉嗓子，嬉笑怒骂，悲欢离合，演得酣畅淋漓，尽态极妍；看戏人在台下呆目瞪视，得意忘形，拍案叫好，两方皆大欢喜，欢喜的是人生煞是热闹，至少是这片刻光阴不曾空过。

世间人有生来是演戏的，也有生来是看戏的。这演与看的分别主要地在如何安顿自我上面见出。演戏要置身局中，时时把“我”抬出来，使“我”成为推动机器的枢纽，在这世界中产生变化，就在这产生变化上实现自我；看戏要置身局外，时时把“我”搁在旁边，始终维持一个观照者的地位，吸纳这世界中的一切变化，使它们在眼中成为可欣赏的图画，就在这变化图画的欣赏上面实现自我。因为有这个分别，演戏要热要动，看戏要冷要静。打起算盘来，双方各有盈亏：演戏人为着饱尝生命的跳动而失去流连玩味，看戏人为着玩味生命的形象而失去“身历其境”的热闹。能入与能出，“得其圜中”与“超以象外”，是势难兼顾的。

这分别像是极平凡而琐屑，其实却含着人生理想这个大问题的大道理在里面。古今中外许多大哲学家、大宗教家和大艺术家对于人生理想费过许多摸索、许多争辩，他们所得到的不过是三个不同的简单的结论：一个是人生理想在看戏，一个是它在演戏，一个是它同时在看戏和演戏。

先从哲学说起。中国主要的固有的哲学思潮是儒道两家。就大体说，儒家能看戏而却偏重演戏，道家根本藐视演戏，会看戏而却也不明白地把看戏当作人生理想。看戏与演戏的分别就是《中庸》一再提起的知与行的分别。知是道问学，是格物穷理，是注视事物变化的真相；行是尊德行，是修身齐家治国平天下，是在事物中起变化而改善人生。前者是看，后者是演。儒家在表面上同时讲究这两套功夫，他们的祖师孔子是一个实行家，也是一个艺术家。放下他着重礼乐诗的艺术教育不说，就只看下面几段话：

> 子在川上曰，逝者如斯夫，不舍昼夜！
>
> 鸢飞戾天，鱼跃于渊，言其上下察也。
>
> 天何言哉，天何言哉！四时行焉，百物生焉！
>
> 今夫天，斯昭昭之多，及其无穷也，日月星辰系焉，万物覆焉；今夫地，一撮土之多，及其广厚，载华岳而不重，振河海而不泄，万物载焉。

对于自然奥妙的赞叹，我们就可以看出儒家很能做阿波罗式的观照，不过儒家究竟不以此为人生的最终目的，人生的最终目的在行，只不过是行的准备。他们说得很明白，“物格而后知至，知至而后意诚,意诚而后心正,心正而后身修",以至于家齐国治天下平。"自明诚,谓之教",由知而行,就是儒家所着重的"教"。孔子终身周游奔走,"三月无君,则皇皇如也",我们可以想见他急于要扮演一个角色。

道家老庄并称。老子抱朴守一,法自然,尚无为,持清虚寂寞,观"众妙之门",玩"无物之象",五千言大半是一个老于世故者静观人生物理所得到的直觉妙谛。他对于宇宙始终持着一个看戏人的态度。庄子尤其是如此。他齐是非,一生死,逍遥于万物之表,大鹏与鯈鱼,姑射仙人与庖丁,物无大小,都触目成像,触心成理,他自己却"凄然似秋,暖然似春",哀乐毫无动于衷。他得力于他所说的"心齐"。"心齐"的方法是"若一志,无听之以耳,而听之以心",它的效验是"虚室生白,吉祥止止"。他在别处用了一个极好的譬喻说:"至人之用心若镜,不将不逆,应而不藏。"从这些话看,我们可以看出老子所谓"抱朴守一",庄子所谓"心齐",都恰是西方哲学家与宗教家所谓"观照"(contemplation)与佛家所谓"定"或"止观"。不过老庄自己虽在这上面做功夫,却并不像以此立教,或是因为立教仍是有为,或是因为深奥的道理可亲证而不可言传。

在西方,古代及中世纪的哲学家大半以为人生最高目的在观照,就是我们所说的以看戏人的态度体验事物的真相与真理。头一个人明白地做这个主张的是柏拉图。在《会饮》那篇熔哲学与艺术于一炉的对话里,他假托一位女哲人传心灵修养递进的秘诀。那全是一种分期历程的审美教育,一种知解上的冒险长征。心灵开始玩索一朵花,一个美人,一种美德,一门学问,一种社会文物制度的殊相的美,逐渐发现万事万物的共相的美。到了最后阶段,"表里精粗无不到",就"一旦豁然贯通",长征者以一霎时的直觉突然看到普涵普盖，无始无终的绝对美——如佛家所谓“真如”或“一真法界”——他就安息在这绝对美的观照里，就没有入这绝对美里而与它合德同流，就借分享它的永恒的生命而达到不朽。这样，心灵就算达到它的长征的归宿，一滴水归原到大海，一个灵魂归原到上帝，柏拉图的这个思想支配了古代哲学，也支配了中世纪耶稣教的神学。

柏拉图的高足弟子亚里士多德在《伦理学》里想矫正师说，却终于达到同样的结论。人生的最高目的是至善，而至善就是幸福。幸福是“生活得好，做得好”。它不只是一种道德的状态，而是一种活动。如果只是一种状态，它可以不产生什么好结果，比如说一个人在睡眠中；唯其是活动，所以它必见于行为。“犹如在奥林匹克运动会中，夺锦标的不是最美最强悍的人，而是实在参加竞争的选手。”从这番话看，亚里士多德似主张人生目的在实际行动。但是在绕了一个大弯子以后，到最后终于说，幸福是“理解的活动”，就是“取观照的形式的那种活动”，因为人之所以为人在他的理解方面，理解是人类最高的活动，也是最持久、最愉快、最无待外求的活动。上帝在假设上是最幸福的，上帝的幸福只能表现于知解，不能表现于行动。所以在观照的幸福中，人类几与神明比肩。说来说去，亚里士多德仍然回到柏拉图的看法：人生的最高目的在看而不在演。

在近代德国哲学中，这看与演的两种人生观也占了很显著的地位。整个的宇宙，自大地山河以至于草木鸟兽，在唯心派哲学家看，只是吾人知识的创造品。知识了解了一切，同时就已创造了一切，人的行动当然也包含在内。这就无异于说，世间一切演出的戏都是在看戏人的一看之中成就的，看的重要可不言而喻。叔本华在这一“看”之中找到悲惨人生的解脱。据他说，人生一切苦恼的源泉就在意志，行动的原动力。意志起于需要或缺乏，一个缺乏填起来了，另一个缺乏就又随之而来，所以意志永无餍足的时候。欲望的满足只“像是扔给乞丐的赈济，让他今天赖以过活，使他的苦可以延长到明天”。这意志虽是苦因，却与生俱来，不易消除，唯一的解脱在把它放射为意象，化成看的对象。意志既化成意象，人就可以由受苦的地位移到艺术观照的地位，于是罪孽苦恼变成庄严幽美。“生命和它的形象于是成为飘忽的幻象掠过他的眼前，犹如轻梦掠过朝睡中半醒的眼，真实世界已由它里面照耀出来，它就不再能蒙昧他。”换句话说，人生苦恼起于演，人生解脱在看。尼采把叔本华的这个意思发挥成一个更较具体的形式。他认为人类生来有两种不同的精神，一是日神阿波罗的，一是酒神狄俄尼索斯的。日神高踞奥林波斯峰顶，一切事物借他的光辉而得形象，他凭高静观，世界投影于他的眼帘如同投影于一面镜，他如实吸纳，却恬然不起忧喜。酒神则趁生命最繁盛的时节，酣饮高歌狂舞，在不断的生命跳动中忘去生命的本来注定的苦恼。从此可知日神是观照的象征，酒神是行动的象征。依尼采看，希腊人的最大成就在悲剧，而悲剧就是使酒神的苦痛挣扎投影于日神的慧眼，使灾祸罪孽成为惊心动魄的图画。从希腊悲剧，尼采悟出“从形象得解脱”（Redemption through appearance）的道理。世界如果当作行动的场合，就全是罪孽苦恼；如果当作观照的对象，就成为一件庄严的艺术品。

如果我们比较叔本华、尼采的看法和柏拉图、亚里士多德的看法，就可看出古希腊人与近代德国人的结论相同，就是人生最高目的在观照；不过着重点微有移动，希腊人的是哲学家的观照，而近代德国人的是艺术家的观照。哲学家的观照以真为对象，艺术家的观照以美为对象。不过这也是粗略的区分。观照到了极境，真也就是美，美也就是真，如诗人济慈所说的，所以柏拉图的心灵精进在最后阶段所见到的“绝对美”就是他所谓“理式”（Idea）或真实界（Reality）。

宗教本重修行，理应把人生究竟摆在演而不摆在看，但是事实上世界几个大宗教没有一个不把观照看成修行的不二法门。最显著的当然是佛教。在佛教看，人生根本孽是贪、嗔、痴。痴又叫作“无明”。这“三孽”之中，无明是最根本的，因为无明，才执着法与我，把幻象看成真实，把根尘当作我有，于是有贪有嗔，陷于生死永劫。所以人生究竟解脱在破除无明以及它连带的法我执。破除无明的方法是六波罗蜜（意谓“度”“到彼岸”，就是“度到涅槃的岸”），其中初四——布施、持戒、忍辱、精进——在表面上似侧重行，其实不过是最后两个阶段——禅定、智慧——的预备，到了禅定的境界，“止观双运”，于是就起智慧，看清万事万物的真相，断除一切孽障执着，到涅槃（圆寂），证真如，功德就圆满了。佛家把这种智慧叫作“大圆镜智”，《佛地经论》做这样解释：

> 如圆镜极善摩莹，鉴净无垢，光明遍照；如是如来大圆镜智于佛智上一切烦恼所知障垢永出离故，极善摩莹；为依止定所摄持故，鉴净无垢；作诸众生利乐事故，光明遍照。

如圆镜上非一众多诸影象起，而圆镜上无诸影象，而此圆镜无动无作；如是如来圆镜智上非一众多诸智影起，圆镜智上无诸智影，而此智镜无动无作。

这譬喻很可以和尼采所说的阿波罗精神对照，也很可以见出大乘佛家的人生理想与柏拉图的学说不谋而合。人要把心磨成一片大圆镜，光明普照，而自身却无动无作。

佛教在中国，成就最大的一宗是天台，最流行的一宗是净土。天台宗的要义在止观，净土宗的要义在念佛往生，都是在观照上做修持的功夫。所谓“止观”就是静坐摄心入定，默观佛法与佛相，净土则偏重念佛名，观佛相，以为如此即可往生西方极乐世界（所谓“净土”）。依《文殊般若经》说：

若善男子善女子，应在空间处，舍诸乱意，随佛方所，端身正向，不取相貌，系心一佛，专称名字，念无休息，即是念中，能见过现未来三世诸佛。

这种凝神观照往往产生中世纪耶教徒所谓“灵见”（Visions），对象或为佛相，或为庄严宝塔，或为极乐世界。佛家往往用文字把他们的“灵见”表现成想象丰富的艺术作品，像《无量寿经》《阿弥陀经》之类作品大抵都是这样产生出来的。往生净土是他们的最后目的，其实这净土仍是心中幻影，所谓往生仍是在观照中成就，不一定在地理上有一种搬迁。

这一切在耶稣教中都可以找到它的类似。耶稣自己，像释迦一样，是经过一个长期静坐默想而后证道的。“天国就在你自己心里”，这句话也有唤醒人返求诸心的倾向。不过早期的神父要和极艰窘的环境奋斗，精力大半耗于奔走布道和避免残杀。到了三世纪后，耶稣教的神学逐渐与希腊哲学合流，形成所谓“新柏拉图派”的神秘主义，于是观照成为修行的要诀。依这派的学说，人的灵魂原与上帝一体，没有肉体感官的障碍，所以能观照永恒真理。投生以后，它就依附了肉体，就有欲也就有障。人在灵方面仍近于神，在肉方面则近于兽，肉是一切罪孽的根源，灵才是人的真性。所以修行在以灵制欲，在离开感官的生活而凝神于思想与观照，由是脱尽尘障，在一种极乐的魂游（Ecstasy）中回到上帝的怀里，重新和他成为一体。

中世纪神学家把“知”看成心灵的特殊功能，唯一的人神沟通的桥梁。“知”有三个等级：感觉（Cognition）、思考（Meditation）和观照（Contemplation）。观照是最高的阶段，它不但不要假道于感觉，也无须用概念的思考，它是感觉和思考所不能跻攀的知的胜境，一种直觉，一种神佑的大彻大悟。只有借这观照，人才能得到所谓“神福的灵见”（Beatific Vision），见到上帝，回到上帝，永远安息在上帝里面。达到这种“神福的灵见”，一个耶教徒就算达到人生的最高理想。

这种哲学或神学的基础，加上中世纪的社会扰乱，酿成寺院的虔修制度。现世既然恶浊，要避免它的熏染，僧侣于是隐到与人世隔绝的寺院里，苦行持戒，默想现世的罪孽，来世的希望和上帝的博大仁慈。他们的经验恰和佛教徒的一样，由于高度的自催眠作用，默想果然产生了许多“灵见”；地狱的厉鬼、净界的烈焰、天堂的神仙的福境，都活灵活现地现在他们的凝神默索的眼前。这些“灵见”写成书，绘成画，刻成雕像，就成中世纪的灿烂辉煌的文学与艺术。在意大利，成就尤其炬赫。但丁的《神曲》就是无数“灵见”之一，它可以看成耶稣教的《阿弥陀经》。

我们只举佛耶两教做代表就够了。道教本着长生久视的主旨，后来又沿袭了许多佛教的虔修秘诀；回教本由耶教演变成的，特别流连于极乐世界的感官的享乐。总之，在较显著的宗教中，或是因为特重心灵的知的活动，或是寄希望于比现世远较完美的另一世界，人生的最高理想都不摆在现世的行动而摆在另一世界的观照。宗教的基本精神在看而不在演。

最后，谈到文艺，它是人生世相的返照，离开观照，就不能有它的生存。文艺说来很简单，它是情趣与意象的融会，作者寓情于景，读者因景生情。比如说，“昔我往矣，杨柳依依，今我来思，雨雪霏霏”一章诗写出一串意象、一幅景致、一幕戏剧动态。有形可见者只此，但是作者本心要说的却不只此，他主要是要表现一种时序变迁的感慨。这感慨在这章诗里虽未明白说出而却胜于明白说出；它没有现身而却无可否认地是在那里。这事细想起来，真是一个奇迹。情感是内在的、属我的、主观的、热烈的，变动不居，可体验而不可直接描绘的；意象是外在的、属物的、客观的、冷静的，成形即常住，可直接描绘而却不必使任何人都可借以有所体验的。如果借用尼采的譬喻来说，情感是狄俄尼索斯的活动，意象是阿波罗的观照；所以不仅在悲剧里（如尼采所说的），在一切文艺作品里，我们都可以见出狄俄尼索斯的活动投影于阿波罗的观照，见出两极端冲突的调和，相反者的同一。但是在这种调和与同一中，占有优势与决定性的倒不是狄俄尼索斯而是阿波罗，是狄俄尼索斯沉没到阿波罗里面，而不是阿波罗沉没到狄俄尼索斯里面。所以我们尽管有丰富的人生经验，有深刻的情感，若是止于此，我们还是站在艺术的门外，要升堂入室，这些经验与情感必须经过阿波罗的光辉照耀，必须成为观照的对象。由于这个道理，观照（这其实就是想象，也就是直觉）是文艺的灵魂；也由于这个道理，诗人和艺术家们也往往以观照为人生的归宿。我们试想一想：

目送飞鸿，手挥五弦，
俯仰自得，游心太玄。

——嵇康

仰视碧天际，俯瞰渌水滨，

寂阒无涯观，寓目理自陈。

大矣造化工，万殊莫不均。

群籁虽参差，适我无非新。

——王羲之

采菊东篱下，悠然见南山。山气日夕佳，飞鸟相与还。此中有真意，欲辨已忘言。

——陶潜

侧身天地长怀古，独立苍茫自咏诗。

——杜甫

从诸诗所表现的胸襟气度与理想，就可以明白诗人与艺术家如何在静观默玩中得到人生的最高乐趣。

就西方文艺来说，有三部名著可以代表西方人生观的演变：在古代是柏拉图的《会饮》，在中世纪是但丁的《神曲》，在近代是歌德的《浮士德》。《会饮》如上文已经说过的，是心灵的审美教育方案。这教育的历程是由感觉经理智到慧解，由殊相到共相，由现象到本体，由时空限制到超时空限制；它的终结是在沉静的观照中得到豁然大悟，以及个体心灵与弥漫宇宙的整一的纯粹的大心灵合德同流。由古希腊到中世纪，这个人生理想没有经过重大的变迁，只是加上耶教神学的渲染。《神曲》在表面上只是一部游记，但丁叙述自己游历地狱、净界与天堂的所见所闻；但是骨子里它是一部寓言，叙述心灵由罪孽经忏悔到解脱的经过，但丁自己就象征心灵，"三界"只是心灵的三种状态，地狱是罪孽状态，净界是忏悔洗刷状态，天堂是得解脱蒙神福状态。心灵逐步前进，就是逐步超升，到了最高天，它看见玫瑰宝座中坐的诸圣诸仙，看见圣母，最后看见了上帝自己。在这“神福的灵见”里，但丁（或者说心灵）得到最后的归宿，他“超脱”了，归到上帝怀里了，《神曲》于是终止。这种理想大体上仍是柏拉图的，所不同者柏拉图的上帝是“理式”，绝对真实界本体，无形无体的超时超空的普运周流的大灵魂；而但丁则与中世纪神学家们一样，多少把上帝当作一个人去想：他糅合神性与人性于一体，有如耶稣。

从但丁糅合柏拉图哲学与耶教神学，把人生的归宿定为“神福的灵见”以后，过了五百年到近代，人生究竟问题又成为思辨的中心，而大诗人歌德代表近代人给了一个彻底不同的答案。就人生理想来说，《浮士德》代表西方思潮的一个极大的转变。但丁所要解脱的是象征情欲的三猛兽和象征愚昧的黑树林。到浮士德，情境就变了，他所要解脱的不是愚昧而是使他觉得腻味的丰富的知识。理智的观照引起他的心灵的烦躁不安。“物极思返”，浮士德于是由一位闭户埋头的书生变成一位与厉鬼定卖魂约的冒险者，由沉静的观照跳到热烈而近于荒唐的行动。在《神曲》里，象征信仰与天恩的贝雅特里齐，在《浮士德》里于是变成天真而却蒙昧无知的玛嘉丽特。在《神曲》里是“神福的灵见”，在《浮士德》里于是变成“狂飙突进”。阿波罗退隐了，狄俄尼索斯于是横行无忌。经过许多放纵不羁的冒险行动以后，浮士德的顽强的意志也终于得到净化，而净化的原动力却不是观照而是一种有道德意义的行动。他的最后的成就也就是他的最高的理想的实现，从大海争来一片陆地，把它垦成沃壤，使它效用于人类社会。这理想可以叫作“自然的征服”。

这浮士德的精神真正是近代的精神，它表现于一些睥睨一世的雄才怪杰，表现于一些掀天动地的历史事变。各时代都有它的哲学辩护它的活动，在近代，尼采的超人主义唤起许多癫狂者的野心，扬谛理（Gentile）的“为行动而行动”的哲学替法西斯的横行奠定了理论的基础。

这真是一个大旋转。从前人恭维一个人，说“他是一个肯用心的人”（A thoughtful man），现在却说“他是一个活动分子”（An active man）。这旋转是向好还是向坏呢？爱下道德判断的人们不免起这个疑问。答案似难一致。自幸生在这个大时代的“活动分子”会赞叹现代生命力的旺盛，而“肯用心的人”或不免忧虑信任盲目冲动的危险。这种见解的分歧在骨子里与文艺方面古典与浪漫的争执是一致的。古典派要求意象的完美，浪漫派要求情感的丰富，还是冷静与热烈动荡的分别。文艺批评家们说，这分别是粗浅而村俗的，第一流文艺作品必定同时是古典的与浪漫的，必定是丰富的情感表现于完美的意象。把这见解应用到人生方面，显然的结论是：理想的人生是由知而行，由看而演，由观照而行动。这其实是一个老结论。苏格拉底的“知识即德行”，孔子的“自明诚”，王阳明的“知行合一”，意义原来都是如此。但是这还是侧重行动的看法。止于知犹未足，要本所知去行，才算功德圆满。这正犹如尼采在表面上说明了日神与酒神两种精神的融合，实际上仍是以酒神精神沉没于日神精神，以行动投影于观照。所以说来说去，人生理想还只有两个，不是看，就是演；知行合一说仍以演为归宿，日神酒神融合说仍以看为归宿。

近代意大利哲学家克罗齐另有一个看法，他把人类心灵活动分为知解（艺术的直觉与科学的思考）与实行（经济的活动与道德的活动）两大阶段，以为实行必据知解，而知解却可独立自足。一个人可以终止于艺术家，实现美的价值；可以终止于思想家，实现真的价值；可以终止于经济政治家，实现用的价值；也可以终止于道德家，实现善的价值。这四种人的活动在心灵进展次第上虽是一层高似一层，却各有千秋，各能实现人生价值的某一面。这就是说，看与演都可以成为人生的归宿。

这看法容许各人依自己的性之所近而抉择自己的人生理想，我以为是一个极合理的看法。人生理想往往决定于各个人的性格。最聪明的办法是让生来善看戏的人们去看戏，生来善演戏的人们来演戏。上帝造人，原来就不只是用一个模型。近代心理学家对于人类原型的分别已经得到许多有意义的发现，可以做解决本问题的参考。最显著的是荣格(Jung)的“内倾”与“外倾”的分别。内倾者(Introvert)倾心力向内，重视自我的价值，好孤寂，喜默想，无意在外物界发动变化；外倾者（ Extrovert ）倾心力向外，重视外界事物的价值，好社交，喜活动，常要在外物界起变化而无暇返观默省。简括地说，内倾者生来爱看戏，外倾者生来爱演戏。

人生来既有这种类型的分别，人生理想既大半受性格决定，生来爱看戏的以看为人生归宿，生来爱演戏的以演为人生归宿，就是理所当然的事了。双方各有乐趣，各是人生的实现，我们各不妨阿其所好，正不必强分高下，或是勉强一切人都走一条路。人性不只是一样，理想不只是一个，才见得这世界的恢宏和人生的丰富。犬儒派哲学家第欧根尼（ Diogenes ）静坐在一个木桶里默想，勋名盖世的亚历山大帝慕名去访他，他在桶里坐着不动。客人介绍自己说：“我是亚历山大帝。”他回答说：“我是犬儒第欧根尼。”客人问：“我有什么可以帮你的忙吗？”他回答：“只请你站开些，不要挡着太阳光。”这样就匆匆了结一个有名的会晤。亚历山大帝觉得这犬儒甚可羡慕，向人说过一句心里话："如果我不是亚历山大，我很愿做第欧根尼。"无如他是亚历山大，这是一件前生注定丝毫不能改动的事，他不能做第欧根尼。这是他的悲剧，也是一切人所同有的悲剧。但是这亚历山大究竟是一个了不起的人物，是亚历山大而能见到做第欧根尼的好处。比起他来，第欧根尼要低一层。"不要挡着太阳光！"那句话含着几多自满与骄傲，也含着几多偏见与狭量啊！

要较量看戏与演戏的长短，我们如果专请教于书本，就很难得公平。我们要记得：柏拉图、庄子、释迦、耶稣、但丁……这一长串人都是看戏人，所以留下一些话来都是袒护看戏的人生观。此外还有更多的人，像秦始皇、大流士、亚历山大、忽必烈、拿破仑……以及无数开山凿河、垦地航海的无名英雄毕生都在忙演戏，他们的人生哲学表现在他们的生活，所以不曾留下话来辩护演戏的人生观。他们是忠实于自己的性格，如果留下话来，他们也就势必变成看戏人了。据说罗兰夫人[1]上了断头台，才想望有一支笔可以写出她的临终的感想。我们固然希望能读到这位女革命家的自供，可是其实这是多余的。整部历史，这一部轰轰烈烈的戏，不就是演戏人们的最雄辩的供状吗？

英国散文家斯蒂文森（R. L. Stevenson）在一篇叫作《步行》的小品文里有一段话说得很美，可惜我的译笔不能传出那话的风味，它的大意是：

> 我们这样匆匆忙忙地做事，写东西，挣财产，想在永恒时间的嘲笑的静默中有一刹那使我们的声音让人可以听见，我们

[1] 罗兰夫人（Manon Jeanne Phlipon，1754–1793年），法国大革命时期著名政治家。吉伦特党领导人之一。

竟忘掉一件大事，在这件大事之中这些事只是细目，那就是生活。我们钟情，痛饮，在地面来去匆匆，像一群受惊的羊。可是你得问问你自己：在一切完了之后，你原来如果坐在家里炉旁快快活活地想着，是否比较更好些。静坐着默想——记起女子们的面孔而不起欲念，想到人们的丰功伟业，快意而不羡慕，对一切事物和一切地方有同情的了解，而却安心留在你所在的地方和身份——这不是同时懂得智慧和德行，不是和幸福住在一起吗？说到究竟，能拿出会游行来开心的并不是那些扛旗子游行的人们，而是那些坐在房子里眺望的人们。

这也是一番袒护看戏的话。我们很能了解斯蒂文森的聪明的打算，而且心悦诚服地随他站在一条线上——我们这批袖手旁观的人们。但是我们看了那出会游行而开心之后，也要深心感激那些扛旗子的人们。假如他们也都坐在房子里眺望，世间还有什么戏可看呢？并且，他们不也在开心吗？你难道能否认？

消除烦闷与超脱现实

王君光祈在本志《学生生活号》发表的《中国人之生活颠倒》那篇文章，把青年烦闷之最大原因，可算说得透辟极了。不过王君的娓娓动听的文笔很遮盖一些美中不足。人生各时期有各时期的嗜好，要有机会自由发展，免得斫丧生机。这话固然含有至理，但是假使吾人都能及时行乐，不致有“过时之感”，世间便可以没有烦闷苦恼吗？在王君的意见，欧洲人无论男女老幼都及时行乐，所以他们的生活最愉快。但是我们研究欧洲近代文学，似乎觉得欧洲人心窝里也还有许多忧愁愤懑。罗素到中国看见农夫走贩，和寺庙里罗汉菩萨一样，都满面带着笑容，以为中国人是最能快乐的一个民族，非欧洲人梦想所能及。从这点看起来，各人自己的苦乐，只有各人自己心里晓得。我们不能假定欧洲人没有过时之感，所以就没有烦闷；而推论到烦闷的原因完全由于过时之感，只要及时行乐，便不会有烦闷。

理想上可然的事情，没有限制，事实上竟然的事情，就要受环境的因果律支配。欲望跟着理想走，是一件随时伸缩不可餍足的东西，背着太阳走路，影子比身子总要前一步。欲望和行乐的关系，也很像影子和身子。你今天及时行乐吗？你的欲望已跑前一步了。假使明天有机会餍足今天的欲望，后天又有机会餍足明天的欲望，如此辗转下去，有求必应；那么，烦闷自无从发生，王君的原理，自然可以成天经地义。但是世事不尽由人算。实际上我们许多的梦想，到底都石沉云散归于乌有。欲望不餍足，就是失望的代名词；失望又可以说是烦闷的代名词。那么，因为乐到这步田地，望到那步田地，失望便烦闷;我们可以说，今天行乐便种下明天烦闷的种子。这样凭空说话，人家或者要骂我玄之又玄。现在说一个具体的例子。吃早饭没中饭的穷措大，看见别人食前方丈，便以为到了这步田地，就尽了人生之乐事了。但是他既然狂饮大嚼，看见坐高车驱驷马的人，又想那个人何等阔绰！他自己还没有尝过这种滋味咧！不多会儿，他有马车坐了，又想没有一个很亲爱的很美貌的妻子，人生究竟还没有真正的乐趣。好了，他现在有了妻子了。伉俪间遐情逸致，南面王也不能易其乐呀！可是过了几年，姣且好者变成老而丑了。他又想，“嗳！这究竟还不是我的理想的至乐。”以前希望一件就有一件，尚不免有些儿无聊赖。倘若希望这件，得不了这件，希望那件，得不了那件，生活不更加干燥无味，不更加惹人烦闷吗？实际上失望比得意似乎较普通一点。照我们的理想，世界应该不仅是如此如此。然而现实偏偏不由人算，走他自己的路。感情冷淡的人对于这般情景，还不觉得什么无可奈何，至多不过叹口气说，“天实为之，于人何尤！”于是就这样了事。可是在富于感情的人看他们亲爱的梦想都不能实现，便有些儿不服气。现实比冰还冷，比铁还硬，哪管你服气不服气哟？现实越发不如人期望，人生就越发干燥无味。于是失望，丧气，悲观厌世……都蜂拥而来了。总而言之，烦闷生于不能调和理想和现实的冲突。

少年气盛的人总说："什么烦闷呀，什么调和理想与现实的冲突呀，都是懦夫口里说的话。因为社会黑暗，环境困难，我们才不虚生。不然，我们生在世间就专为过太平日子吗？别的人尽管烦闷，我呢，决不屑失望和悲观。我以为人生任务只有奋斗，奋斗到征服环境为止。"我也是极端主张和环境奋斗的一个小卒，可是我同时也相信环境是极不容易征服的。

你看这一阵和环境奋斗过的人！他们面目上毫没有温热气和闪烁的光彩了。或者他们的头脑中也不复有什么高尚的意志和坚强的决心了罢！殷仲堪有一天在园里看见一棵枯树，便深深叹一口气说，"此树婆娑，生意尽矣！物犹如此，人何以堪？"看见没生气的冷冰的行尸走肉，怎不叫人作同样的感想！但是，我们如何能瞧他们不起。十年前他们也和你和我一样，也很兴会淋漓地用热心毅力去干事，也很有百折不挠的气概咧，不过现在环境把他们征服了罢了。

你再看这一阵和环境奋斗过的人！他们看见世事一天坏似一天，心里虽然不服气，可是心力俱瘁无可奈何。个个人都在那边愁着眉毛叹气。这个人说，"神州莽莽，阴霾四布。流离浩劫，人间何世！"那个人说，"皇皇大陆，吾人将于何处觅一片干净土耶！"这个人想，像这样活着，倒不如死，还是把万事丢开，投海去罢。那个人想，世事已不堪问，我姑且寄情于醇酒妇人，借以消愁解闷罢！嗳！谁晓得这种悲观哲学消磨了几多有用之材哟？但是，我们且慢些去怜惜。他们十年前也像你和我一样，也很抱乐观，也常时说，长夜漫漫，终有时旦，只要精诚贯彻，金石都自然会破裂咧。不过现在环境把他们征服了罢了。

我们说话论事，一方面要顾及当然，一方面也要顾及可然。就当然说，环境要降服，理想才可以实现。但是环境如何可以征服，我们也不可不注意。许多人起初都发愿要征服环境，何以后来大半反为环境征服？我们自然会说，因为他们的精神不能坚持到底。但是，他们的精神何以不能坚持到底？我们可以说，因为他们的精神不能超脱现实。一个人如果只能在现实界活动，现实如果顺遂，他自然可以快乐，但是现实如果使他的活动不成功，而他又没有别条路可以去求慰安，他自然要失望悲观。但是，倘若他的精神能够超脱现实，现实的困难当然不能叫他屈服，因为他还可以在精神界求慰安。现实既然不能屈服他的精神，那么，他自然可以坚持到底和环境奋斗了。

超脱现实的方法也很多。最普通的要算宗教信仰。现世一切苦恼不用说罢！灵魂不灭，来世的天堂快乐还不晓得有多么可爱。现在不过是时间的太仓一粟。我们撑持肉体活着，是一件极偶然的现象。在这个撑持肉体活着一顷间，就有一些儿苦痛，哪值得愁眉蹙额？不错，现世一切奋斗，眼前似乎没有大的效果。但是，我们不必因此失望灰心，我们现在不过是播种子，将来一定有岁物丰成的日子。这些话是极浅近的极普通的宗教信仰。我自己既不是一个教徒，也不敢和打维护科学招牌的人搬唇舌。不过我很忠实地相信纯粹的宗教对于人类，利害相权，还是利多害少。倘若现世的苦乐不能叫普通人趋善避恶而宗教能够做这件事，为什么宁愿普通人做过恶不去信仰宗教？假使大家都觉得现世烦恼，假使宗教可以安慰他们的精神，为什么把烦恼的人逼到山穷水尽，不知去向？我也十分相信宗教原来是一种自欺。可是这究竟根于人性，不可免的。心理学家对我们说过，就是通常所谓理智（*Rationization*），也大半是自欺的结果，你说宗教靠不住，理智又靠得住吗？人类行为大部分都受感情支配。事前并不很揣摩为什么要这样做。事后追维，才找出一些理由来解释庇护自己的已往举动。这种理由和以往举动或毫无关系，不过姑且拉来自宽怀抱罢了。

在理论上，吾人生活当全然受理性支配，但是在实际上，吾人生活是不受理性支配的。因为无意识和感情在那儿默化潜移，意识的防范实在鞭长不及马腹。所以想养成道德的习惯，与其锻炼理智，不如陶冶感情。宗教也是一种陶冶感情的工具。宗教何以能陶冶感情呢？感情是一件极活泼的东西，如果不得寄托的处所，来自由活动，便会游离不定。感情游离不定，结果就是精神失常，小而烦闷，大而疯癫。宗教的长处，就在能把游离不定的感情引到一个安顿的地方。这种陶淑作用（*Sublimation*），弗洛伊德（*Freud*）和荣格（*Jung*）一派的心理学家说得非常透辟，我在这里也无须多话。不过添一句话代宗教辩护：托尔斯泰、甘地一流的人物，如果没有宗教做他们的精神元素，他们的生活决不像那样可爱，那样能感发兴起；希伯来和穆斯林两个民族，如果没有宗教做团结的线索，他们已经早当让极艰苦的环境征服了。

这番话谈给科学成见很深的人听，或者不能叫他们相信。那么，他们如果想解除烦闷，就要在美术中寻慰情剂，因为美术也很能使人超脱现实的。美术何以使人能超脱现实呢？一、就创作美术的人说，美术虽借现实做资料，但是对于资料的应用支配，美术家能够本自己的创造理想，伸缩自由。在现实范围里说话，空中决计不能起楼阁。美术便没有这种限制。所以现实界不能实现的理想，在美术中可以有机会实现。二、就欣赏美术的人说，美术能引起快感，而同时又不会激动进一步的欲望；一方面给心灵以自由活动的机会，一方面又不为实用目的所扰。譬如在实际上看见一个美人，占有欲就蠢蠢欲动。但是看雷阿那多·达·芬奇画的《蒙娜丽莎》，如果曾经受过美术的陶冶，那时心神只像烟笼寒水迷离恍惚，把世界上一切悲欢苦乐遗忘净尽了，还有什么欲望？我有一次劝一个学数理的朋友偷暇学一点文学，或者他的心绪不像那样干枯烦躁；他说，“写实派文学把黑暗世界越发写得黑暗，读这种文学不叫人更悲观吗？”我虽然觉得我生平所经过的极乐心境，是在深夜读含有悲剧元素的文字；但是我那时不能对这位朋友解释这种心理作用，所以我的朋友把我的忠告置之一笑就算了。后来读爱宾浩斯（*Ebbinghaus*）的心理学美术章，才恍然大悟。吾人生机时时刻刻求活动。生机发泄，感觉愉快；生机抑郁，感觉烦闷。所以遇着悲痛，哭一场就消了劲。生机不一定要在现实界才能发泄，美术也是一个极好的发泄生机的尾闾。在美术中发泄生机，所感的快乐比在现实界还更加纯粹深厚，因为没有实用的目的来滋扰。譬如在现实界看见父子三人都被恶蛇捆绞在一起，心里只有恐惧哀矜种种的不快之感。可是欣赏希腊著名雕刻《拉奥孔》（*Laocoon*），这种哀矜恐惧虽还有若干存在，但是他们都变成愉快的感觉了。这就是因为心里没有实用目的来烦扰。哀矜恐惧两种感情发泄了，然而心目中没有生死存亡的念头，没有逃脱抵抗的打算，所以虽哀矜恐惧而还能十分愉快。普通人在饮食男女名誉权利场合中生机受了挫折，便不知道向他方面求发泄，所以抑郁，所以烦闷。谁肯宣传美术的福音来救济这些无数在苦海中挣扎的失望者呢？

美术不但可以使人超脱现实，还可以使人在现实界领悟天然之美，消受自在之乐。自然界有多少美致，人生有多少妙趣，在粗心浮气的人看，都忽略过去。经美术家一指点，美就确乎是美，妙就确乎是妙。谁没有看过流水？不过在普通人看，流水只是流水罢了，孔子一看到，便叹气说："逝者如斯夫，不舍昼夜！"这样一指点，滚滚东流的水便含有无限生机，无限悲感。谁没有看见鸟鹊在树林里度日子？陶渊明看见，便推出一种极乐的人生观哲学。"众鸟欣有托，吾亦爱吾庐"两句诗把宇宙写得多么可爱！美术家不但在花明风惠的境界，可以领略鱼跃鸢飞的乐趣，就是在极细微处——甚且在极悲惨处——也能寻出赏心乐事。托尔斯泰是一个最好例子。在他的《战争与和平》里面，那位彼得在牢狱中饥寒交迫，人生之苦，无不备尝。但是他一天看见天上月明如水，牢狱四围的园林山谷都空潆澄澈，一望无际，他就恍然觉悟人生的至乐，不是环境可以磨灭的。在他的《神在爱所在》那篇小说里，一个极穷苦的鞋匠梦见上帝要到他家里来，从天早候到天晚，只有一个扫雪的苦工来分他房子里的暖气，和一个抱着呱呱哭的孩子的丐妇来分他的几粒豆饭。他就因而觉悟神在爱所在的道理，心里便二十四分的畅快。这不过是偶尔想出来的几个例子。其实我所见到的何及恒河一粒沙哟！我相信人肯受美术陶冶，世界和人生决不至干燥无味。烦闷无形消灭，自然不消说了。

除宗教家和美术家以外，最能超脱现实的要算是婴儿。他们高起兴来，就结队搬砖弄瓦呀，捉迷藏呀……玩得不公平，便打一个痛快架，打痛了，便索性地哭一场。哭过了，就揩干眼泪，开笑脸再去做别的玩意。他们天真烂漫，完全趁着一时的兴会做事，绝对不瞻前顾后，所以他们生活最愉快。人生快乐倘若想完备，一定要保存一点孩子气，这种孩子气应用非常之广。孔子有天问门弟子的志愿，许多人都说一些什么兴邦治国。曾点一个人却说："春服既成，冠者五六人，童子六七人，浴乎沂，风乎舞雩，咏而归。"孔子听过，便不迟疑地宣布"吾与点也"。曾点的长处就在能保一种天真烂漫的孩子气。孔子称许他，或则也因为“大人者无失其赤子之心”罢。王徽之的故事也是一个好例子。有晚雪后初晴，月亮照得非常光澈。他忽然想到他的朋友处谈谈心，立刻间他就撑只小船去了。不多会儿到他朋友的门口了，他忽然地又抽身转去。人问他的缘故，他说：我“乘兴而来，兴尽而返”。何足为奇？像这一流人物才晓得人生在世，怎样才能怡情养性，无沾无碍咧！有些人或者骂这种习惯带着臭名士气。他们自然也许有他们的高见。不过我想这种天真烂漫无沾无碍的气象倘若不用到过分，实在对于精神的卫生有许多裨益。人的精力无论属于精神方面或者身体方面，都有一个限度。譬如弓弦，拉到满引的时候，倘若不放松一点，怎么可以再加力？纵使再加力，怎么能不崩折？普通人无论何时何地，都一样地认真到底，不能稍稍放肆一点。所以容易倦怠，容易灰心。孩儿气的好处就在有时使人偶尔把现实的重载卸在旁边，让心灵偷点空儿休息，好预备再出力。

这三个方法，我个人认为可以超脱现实，解除烦闷。别人——科学家和哲学家——也许在别的地方寻出超脱现实解除烦闷的方法，不过我没有经验，不能说话。我和王君光祈的出发点都是给生机以自由活动的机会。不过王君着重的是人生各时期有各时期的嗜好，要随时餍足。所以王君似乎主张生机只可以在现实界活动；如果现实界活动不成功，便使人生烦闷。我的主张是一种补充的办法。我以为生机不仅可以在现实界活动，如果在现实界受了挫折，不一定使人生烦闷，因为他还可以超脱现实在精神界求慰安。就积极方面说，超脱现实，就是养精蓄锐，为征服环境的预备。就消极方面说，超脱现实，就是消愁遣闷，把乐观，热心，毅力都保持住，不让环境征服。在我国现在状况之下，谁晓得有多少失望者与悲观者？我很惭愧这篇文章不能把超脱现实的道理说得透彻，使他们感发兴起；但是我很希望享受过精神上的至乐的人多用功夫来宣传超脱现实的福音，来救济众生咧。

图书在版编目（CIP）数据

从容生活，温柔处世 / 朱光潜著. — 北京 : 现代出版社，2017.9

ISBN 978-7-5143-6247-3

Ⅰ. ①从… Ⅱ. ①朱… Ⅲ. ①散文集－中国－当代 Ⅳ. ①I267

中国版本图书馆CIP数据核字(2017)第157174号

从容生活，温柔处世

作　　者	朱光潜
责任编辑	哈　曼
出版发行	现代出版社
通讯地址	北京市安定门外安华里504号
邮政编码	100011
电　　话	010-64267325 64245264（兼传真）
网　　址	www.1980xd.com
电子邮箱	xiandai@vip.sina.com
印　　刷	三河市国新印装有限公司
字　　数	168千字
开　　本	710mm×1000mm 1/16
印　　张	15.75
版　　次	2017年9月第1版　2017年9月第1次印刷
书　　号	ISBN 978-7-5143-6247-3
定　　价	45.00元
